双葉文庫

おれは一万石

一揆の声

千野隆司

目次

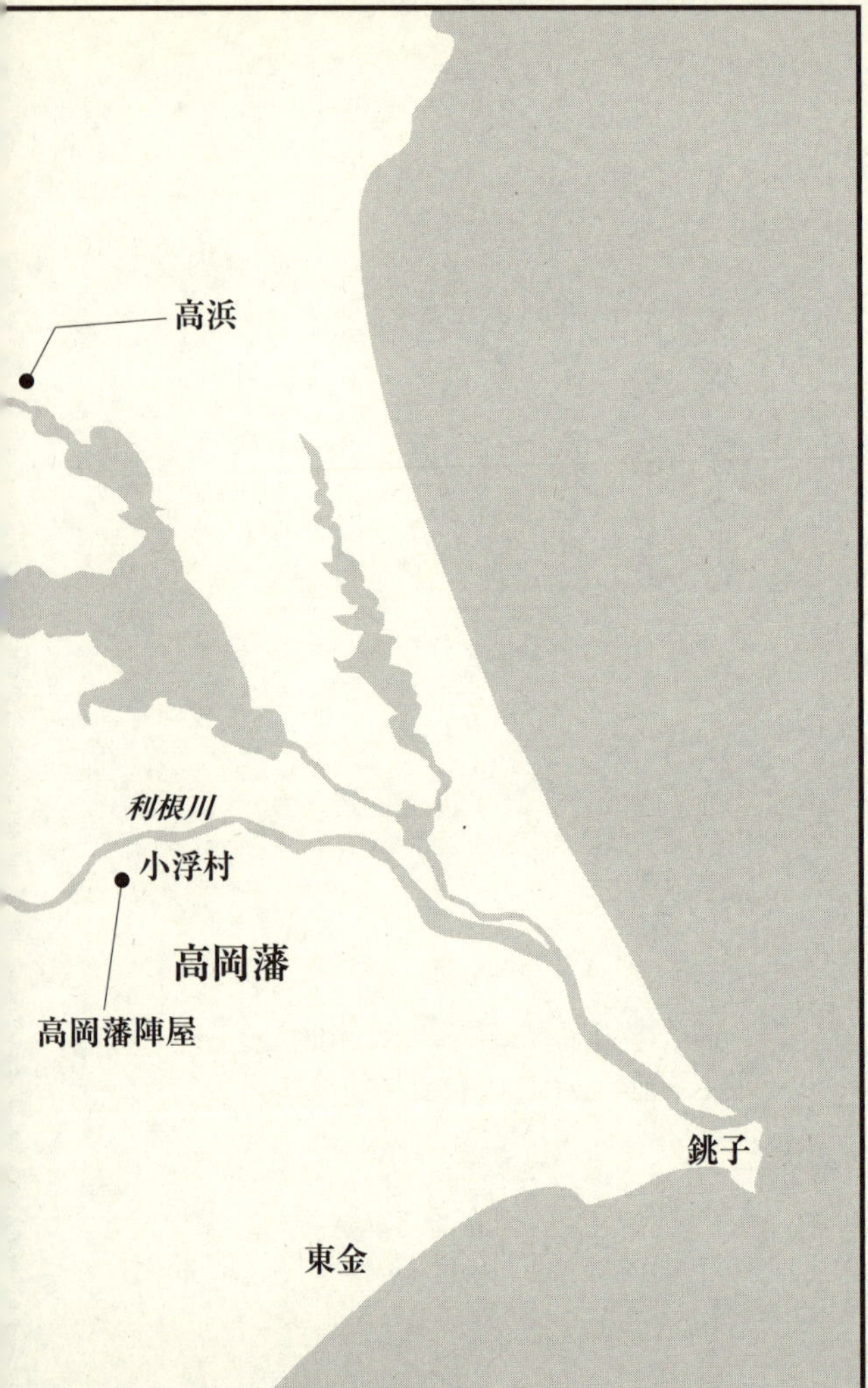
高浜
利根川
小浮村
高岡藩
高岡藩陣屋
銚子
東金

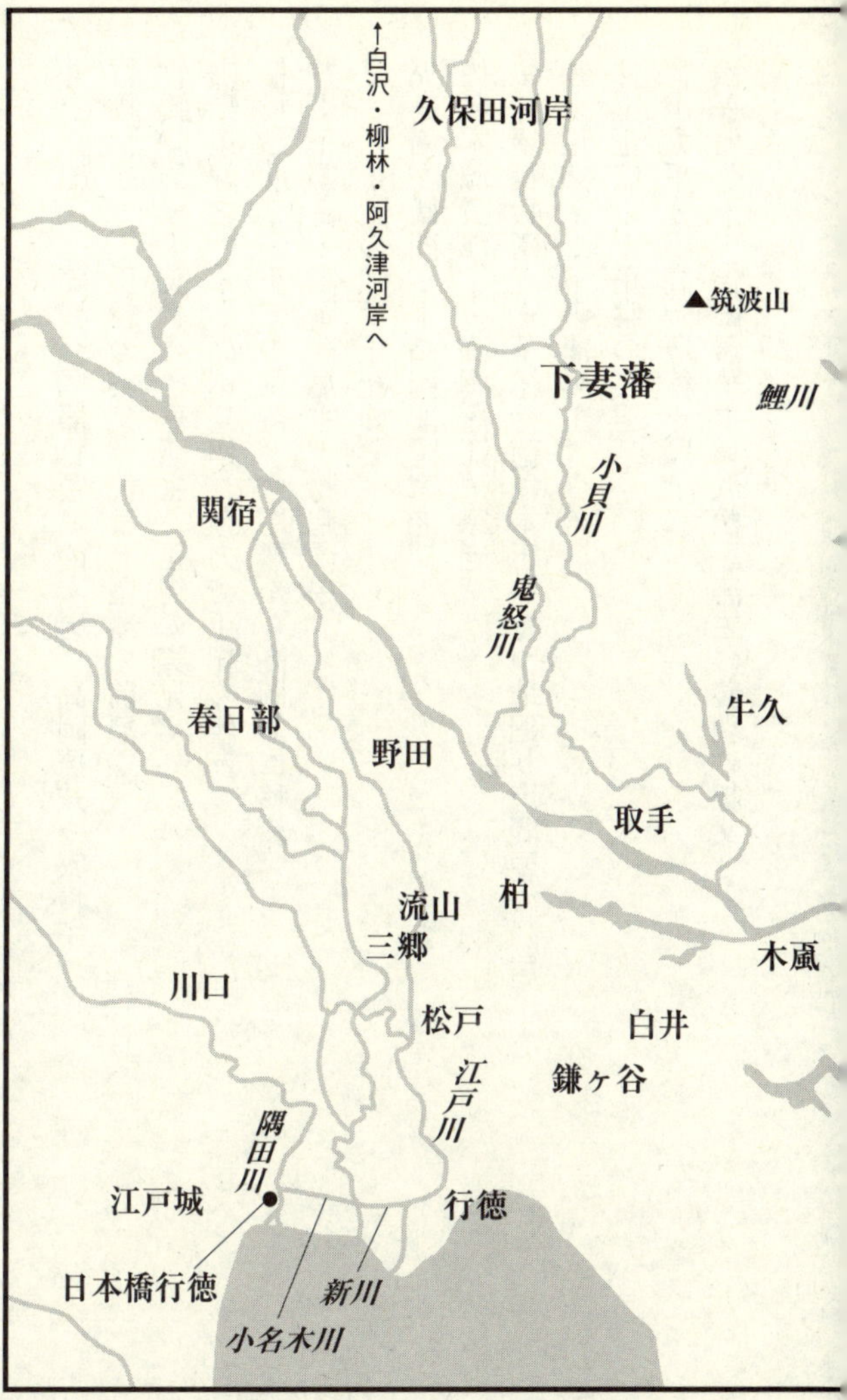
↑白沢・柳林・阿久津河岸へ
久保田河岸
▲筑波山
下妻藩
鯉川
小貝川
関宿
鬼怒川
牛久
春日部
野田
取手
柏
流山
三郷
木颪
川口
松戸
白井
江戸川
鎌ヶ谷
隅田川
江戸城
行徳
日本橋行徳
新川
小名木川

おもな登場人物

井上正紀……美濃今尾藩竹腰家の次男。高岡藩井上家世子。
竹腰勝起……正紀の実父。美濃今尾藩の前藩主。
竹腰睦群……美濃今尾藩藩主。正紀の実兄。
山野辺蔵之助……高積見廻り与力で正紀の親友。
植村仁助……正紀の供侍。今尾藩から高岡藩に移籍。
井上正国……高岡藩藩主。勝起の弟。
京……正国の娘。正紀の妻。
児島丙左衛門……高岡藩国家老。
佐名木源三郎……高岡藩江戸家老。
桜井屋長兵衛……下総行徳に本店を持つ地廻り塩問屋の隠居。
井上正棠……下妻藩藩主。
井上正広……正棠の長男。
青山太平……高岡藩徒士頭。
松平信明……吉田藩藩主。浜松藩藩主の義理の叔父。

おれは一万石
一揆の声

前章　五村の願い

一

秋の深まりを感じる八月下旬、刈り取りの済んだ田圃《たんぼ》の上を、雀《すずめ》が群れて飛んでいた。空は、あらかたが雲に覆われている。

雨が降ってくる気配はなかった。昼下がり、東からの風には、微かに潮のにおいが混じっていた。周囲に高い山はないが、雑木に覆われた小高い丘がいくつかある。

稲株《いなかぶ》の間に土がむき出しになった田圃が、その間に広がっていた。

小高い丘の近くに、数本の欅《けやき》が聳《そび》えている一角がある。樹木に囲まれて、瓦葺《かわらぶき》の大きな屋敷がうかがえた。長屋門は古いが、掃除は行き届いている。

上総《かずさ》国武射《むさ》郡横田《よこた》村の村名主総右衛門《そうえもん》の屋敷だ。

ここへ一人二人と、百姓が集まってくる。その中には、羽織《はおり》を身につけた他の村の名主や組頭、百姓代といった村方三役の面々の顔もうかがえた。五十を過ぎた歳の者もいれば、二十歳《はたち》そこそこの年若の者もいた。

「厄介《やっかい》なことで。頭の痛い話です」

「いやいやまったく。ご領主様は、何を考えておいでなのか」

村人の顔は、苦渋に満ちている。いずれも日焼けはしているが、頬《ほほ》がこけて膚《はだ》に艶《つや》がない。挨拶《あいさつ》を済ませると、すぐに苦痛や困惑を口にした。怒りを顔に浮かべ、不満を口にする者も少なくなかった。

稲刈りが済んで、新米は倉庫に納めた。年貢米はすでに、代官所へ運びこむだけになっている。本来ならばほっとするところだが、そういう表情の者は一人もいない。

十二畳の二間続きの部屋は、襖《ふすま》が取り払われて広間になっている。そこへ三十名を超す者が集まってきた。

横田村に接する実門《さねかど》村と沖渡《おきわたし》村、そして隣の山辺《やまべ》郡福俵《ふくたわら》村と蛇島新田《へびしましんでん》村の五村の者が集まっていた。名主は五人、顔を揃えている。武射郡にある横田村などの三村と山辺郡にある福俵などの二村は、郡こそ異なるが歩けば四半刻（三十分）で行き来できる近さにあった。

九十九里《くじゅうくり》の浜にも、容易《たやす》く歩いて行ける土地だった。

これら五村は、高岡《たかおか》藩一万石井上《いのうえ》家の領地である。陣屋のある場所とは離れていて、飛び地となっている。五村でおよそ千七百石の米を生産している。飛び地とはいっても、領内全体の二割弱の米を生産する土地だから、一帯を治める代官所が横田村にあった。

名主のうち最も高齢なのが、横田村の総右衛門で六十一歳になる。他村の者からも人望が厚かったので、事があって五村の主だった者が集まるときは、この屋敷が集会場所になった。

広間には村方三役の他に、己の田を持つ小前《こまえ》の百姓もいる。村が納める年貢米を、供出する立場の者たちだ。

「藩は、おれたちの苦しい暮らしを、何もわかっちゃいねえ。おれたちから、ただ搾《しぼ》り取ることしか考えていねえんだ」

「まったくだ」

百姓たちの声が、徐々に大きくなってゆく。外は肌寒いくらいだが、広間は集まった者たちで熱気を帯びてきた。部屋へ入れない者は、廊下に座り込んでいる。

そこへ総右衛門を先頭にして、五村の名主たちが部屋へ入ってきた。床の間を背にして、村人たちに向かい合う形で座った。

ざわめいていた室内が、すっと静かになった。一同は会話をやめ、五人の中心に座った総右衛門に目をやった。やや面長で、目尻や頰に刻まれた皺《しわ》は深い。

右手に座ったのが、福俵村の宇左衛門《うざえもん》で、総右衛門の次に高齢で五十五歳になる。その隣である右端が三十九歳の蛇島新田村の名主佐平治《さへいじ》だ。総右衛門の左側に座ったのが実門村の喜作《きさく》でこれは四十四歳、そして左端が村名主の中では一番若い沖渡村の多七郎《たしちろう》三十二歳である。

多七郎は四角張った面差しで眉が濃く、眼差しは鋭い。落ち着いた説得力のある話し方をするので、年長の他の名主たちも一目置いていた。

総右衛門は集まった者たちを一渡り見回してから、こほんと小さな咳《せき》払いをした。そして口を開いた。

「過日代官所よりあった年貢米の納入にまつわるお達しについて、各村の衆から不満の声が上がっている。何があっても、出せないという者もいる。このままでは治まりのつかぬ次第になってきた」

「そうだ」

声が上がった。一人が上げると次々に声が上がり、それが叫び声になった。

天明《てんめい》七年（一七八七）の秋である。今年も冷夏が続き、米の出来は凶作といってい い状況だった。昨年は例年の七割の出来で危機的な状況に陥ったが、今年はそれより も酷くて六割強の出来だった。

もちろん東北や常陸《ひたち》、下野《しもつけ》や上野《こうづけ》もそれ以上の飢饉《ききん》で、餓死者が出ているという 噂《うわさ》まで耳にした。もちろん下総《しもうさ》や上総も同様で、どこの村でも米の出来は昨年にも 増して不作だった。

そこで高岡藩や他の隣接するいくつかの藩、旗本の知行地では、これまで四公六民 だった年貢率を、五公五民とするという触れが出された。苦しい暮らしの中で、百姓 はさらに負担を増やされたのである。

年貢の徴収法には、検見《けみ》法と定免《じょうめん》法がある。検見法は一年ごとの実地検分により 率が変動する徴税のやり方だ。それに対して定免法は、過去の収穫高の平均から固定 税率を算出して年貢の量が決まった。

天領や高岡藩などでは、定免法で徴税が行われている。

この定免法は、豊作のときは農民に有利だが不作のときはたまらない。豊作の年の 収穫高も含めた平均が固定税率となる。収穫量が少ないからといって、年貢を少なく してくれるわけではなかった。

加えて今年は、四割だった年貢率が五割になる。

「ふざけるな」

どこの村でも、怨嗟《えんさ》の声が上がった。しかし心の中ではみんな、受け入れるしかないと考えていた。六公四民という領主がいる土地もあり、収穫率が例年の五割に満たない土地があることも、噂で聞いていたからである。

「しかし我ら五村には、どうしても受け入れられぬことがある」

総右衛門が口にすると、またしても「そうだ」という声が上がった。総右衛門はそのまま続ける。

「高岡領は、当地の他に相馬《そうま》郡や印旛《いんば》郡にも飛び地がある。その中には収穫が例年の六割に及ばない土地もあった。ゆえに我ら五村の収穫高は、他の土地よりも高いものとなった」

「それはおれたちが、寝る間も惜しんで田圃を這《は》いずり回っているからだ」

総右衛門の言葉に反応したのは、沖渡村の軍兵衛《ぐんべえ》という小前だ。すべての者が、これに頷《うなず》いた。

「他の村には事情があるにしても、少しばかり米の出来がましだったからといって、余計な貸米を受け入れなくてはならねえいわれはねえ」

こう言い放ったのは横田村の庄吉《しょうきち》だ。軍兵衛も庄吉も、小前とはいっても広い田圃を持っているわけではない。かつがつの暮らしを立てている者だ。

藩は武射郡と山辺郡の五村にだけ、百五十俵の貸米を求めてきたのである。もちろん凶作の負担については、百姓にだけ求めているのではない。二割だった藩士の禄米借上を、二割五分にすると伝えていた。

しかし百姓たちにしてみれば、藩士の禄の事情など重大事ではなかった。五公五民にした上で、五村だけに貸米を求めることに激怒をしていた。

「貸米なんていったって、返してくるわけじゃねえだろう。ただ取り上げられるだけじゃねえか」

「そういうことだ。おれたちは貸米にするために、収穫をふやそうと身を粉《こ》にしてきたわけじゃねえ」

新たな怒りの声が飛ぶ。その声が、また新たな憤怒《ふんぬ》を呼び起こした。

「おりゃあ、田圃か娘を売らなけりゃあ、貸米分なんて出せねえんだ」

軍兵衛は、涙声になって言った。比較的広い田を持つ者でも、苦しいことは変わらない。軍兵衛のようなぎりぎりの状況に置かれている者は、少なからずいるはずだった。

「代官大河原《おおがわら》様のところへは、再三お願いに上がっている。しかしな、藩で決まったことだと仰《おつしや》るばかりで、聞いてはいただけなかった」

「私の村でも、お願いに上がりましたよ。それでもだめでした」

総右衛門の言葉に、宇左衛門が続けた。他の名主たちも頷いている。各村々では、それぞれ必死の願い出をしていたのである。

それでも埒《らち》が明かないので、村の者たちは集まってきた。

「ならば、五村を併せての嘆願をしてはいかがでしょうか」

こう提案したのは、福俵村の百姓代与助《よすけ》だった。軍兵衛よりも一回り以上若い二十六歳だが、知恵者として用水の利用などで他村と悶着《もんちやく》があったとき、その解決に尽力した。

「おう、それがいい」

他の村の百姓代が応じた。一つの村で嘆願書を出すよりも、代官所管轄内の五村が一つになれば、さしもの代官も動くのではないかと判断したのだ。

「では、どなたに行っていただきましょうか」

「それは総右衛門さんしかないでしょう」

これは一同の総意だった。

百五十俵の貸米を中止にしてもらう。これが一番の要求だが、四公六民に戻してもらうことも、嘆願書の中に書き入れた。この訴状には、総右衛門だけでなく他の四人の名主も署名をした。

その日の夕刻には、嘆願書が出来上がった。

「では少しでも早く」

ということで、翌朝、総右衛門は沖渡村の多七郎を伴って代官所へ向かった。

二

代官所の門番は、藩の足軽が交代で行っていた。総右衛門の顔を知らない者など、一人もいない。門前に立つと、内側から門扉が開かれた。

代官所の建物は古い。沖渡村の先々代名主のときに、その分家がすべて流行《はや》り病で命を失った。その空き屋敷を、藩が引き取って一部修復した。敷地も広げた。

一間（約一・八メートル）幅の堀に囲まれている。長屋門で、威厳のあるたたずまいといってよかった。

執務用の建物だけでなく、その奥には代官やその配下の住まいも併設されている。

配下の妻子は裏手にある木戸門を使って出入りをした。

「ご苦労様でございます」

「どうぞよろしく、おねげえいたします」

名主と百姓たちが、集まってきた。自分らの願いのために、総右衛門は気難しい代官を訪ねるのである。代官所の門前には、実門村や横田村の者も顔を見せていた。しめて十四、五人ほどになった。

募《つの》ったわけではない。それぞれの者が、己の思いで足を運んできた。野良《のら》仕事の途中で来たらしく、鎌を腰に差している者もいた。

総右衛門は、大掛かりな申し出になれば、かえって代官を刺激すると考えていた。それは避けたいので、多七郎は外で待たせて一人で門内に入った。

代官大河原常太郎《つねたろう》は四十七歳。長身瘦軀《そうく》で、いつも仏頂面《ぶっちょうづら》をしている。鷲鼻《わしばな》で頬骨の出た顔はいかにも強面《こわもて》といった印象で、百姓たちには近寄りがたい人物だった。

総右衛門は、床の間を背にした大河原と向かい合って座った。大河原は畳の敷かれた六畳間で、総右衛門は隣室の板間だ。襖は取り払われていて、代官が村の者と会うときは、この部屋が使われた。

部屋を分けるのは、威厳を示すために他ならない。

「その話は、すでに何度も聞いておるぞ」

総右衛門が来意を伝えると、大河原は仏頂面のまま答えた。

「諄《くど》いぞ」

と言い添えている。

「いえこの度は、ご領内五村の名主が連署した嘆願書を持参いたしました。どうぞ高岡のご陣屋まで、お回しいただきたく存じます」

両手をついた総右衛門は、深く頭を下げた。五村の総意を受けて、嘆願書を持参したのである。簡単に引き下がるつもりはなかった。

しかし大河原は、身じろぎする様子もなかった。頭を上げると、頑《がん》として動じない強い意志を漲《みなぎ》らせた眼差しが、総右衛門を見つめていた。

日頃会う折は、こうではない。愛想《あいそう》のいい男ではないが、状況によっては笑顔で対話をするときもあった。しかしこの件については、一歩も引かない、といった決意が伝わってきた。

「引き取るがよい。これ以上の談判は無用だ。続ければ、ご政道に歯向かうとみなさねばならぬぞ」

代官として、名主に命ずるという言い方だった。

「百姓は、米を作っても、それをむざむざ口にはいたしません。先祖から残された田畑や、家の者の命にも替えられません。しかしこの度の御貸米は、毎年の御年貢とは別のものでございます。数十年に一度もない凶作続きの中ですから、ひと際厳しいものとなっております。父祖伝来の田畑や娘を手放さなければ出せないものでございます。このままでは食うこともできず、村を捨てる者が出るやもしれませぬ」

懇願《こんがん》するといった口調で、総右衛門は食い下がった。

「逃散《ちょうさん》者が、出るかもしれないというのか」

腹立たしそうな顔になって、大河原は言った。額の血管が、ぴくりと動いた。土地を預かる代官にとって、逃散者が出るのはもっとも避けたい事態のはずだった。

総右衛門はあえて、その部分に触れたのである。返答をせずにいると、大河原は怒りを抑えるように、しかし隠し切れない不快感を滲《にじ》ませた声で続けた。

「それを抑えるのが、その方ら村方三役の務めではないか。早々に立ち戻り、村の者に言い伝えるがよかろう。これ以上の問答は無用。引き下がらねば、牢《ろう》へ入れるぞ」

代官所内には、罪人を押し込めておく牢がある。脅しとはいえ、その言葉には何を告げても動じない大河原の決意が込められていると総右衛門は考えた。

引き取らざるを得なかったのである。

無念の気持ちを抱えて、代官所の長屋門を出ると、十数人の村人たちはまだ同じ場所で待っていた。

「名主様」

駆け寄ってきた。総右衛門は、波打つ気持ちを抑えて首を横に振った。ここで自分から怒りを露わにしては、治まるものも治まらないと考えるからだ。

「ふざけるな」

「おれたちに、死ねっていうのか」

百姓たちには、総右衛門の気遣いは通用しなかった。門前で待っていた百姓たちは、嘆願が通ることを、祈るような気持ちで待っていたのだ。

「嘆願書を、受け取ってもらえなかったわけですね」

総右衛門は、無言で頷いた。用意した書状は懐に差し込んであるから、すぐに目につく。

「ふざけやがって」

「おれたちを、虫けらだと思っていやがるんだ」

顔が引き攣《つ》っている。怒りで顔を赤らめた者もいた。五村が総意で出した嘆願を、受け取りもしないで追い返したことになる。

せめて嘆願書だけでも受け取って、陣屋まで取り次いでほしかった。陣屋の蔵奉行や勘定奉行に掛け合ってほしかったのである。けれども五村の総意は、踏み躙《にじ》られた。一人一人の願いも、潰されたのである。

貸米の百五十俵は、何が何でも納めろという姿勢だ。

「情け知らずの鬼めっ」

そう言って、門扉に石を投げつけた者がいた。石は乾いた音を立てて地べたに落ちて転がった。

これまでほとんどの百姓たちは、強面の代官を怖れていた。だがもう、居合わせた者たちは怖れを越えていた。抑えがたい憤《いきどお》りの中で、声を上げ拳《こぶし》を振り上げている。

その声は、すぐには治まらなかった。

「鎮《しず》まれ。ここをどこだと心得るのか。代官所の門前だぞ」

門番は叫んだ。中にいた配下たちも姿を見せた。常備している突棒《つくぼう》や刺股《さすまた》を手にした者もあった。

しかし百姓たちは、それを目にしてかえって逆上した。罪人扱いをされたと受け取ったのである。

事実配下たちは、思いがけない騒動になって血相を変えていた。得物を持つ手に、力を入れている。これまで門前で騒ぎが起こることは、一度もなかった。

「門扉に石を投げるなど、不埒《ふらち》千万。許せぬ」

足軽が突棒の先を百姓に向けた。

「うるせえ」

門番と百姓の小競り合いになった。腰に鎌を差していた者は、これを引き抜いた。

そこへ代官元締が門前に立って、ひときわ大きな声を上げた。

「得物を振り上げての、無理やりの申しよう。これは強訴《ごうそ》である」

「そうだ、このままでは済まぬぞ」

代官大河原も姿を現した。一同を睨みつけている。毅然《きぜん》としていて、多数の百姓を怖れてはいなかった。古武士の風情さえ感じさせた。

これで百姓たちの勢いが削がれた。

「強訴の頭取《とうどり》（首謀者）である総右衛門は、そのままにはできぬ。捕えよ、牢に入れねばなるまい」

百姓たちは、事の成り行きに仰天している。しかしそれは、すぐに憤怒に変わった。鎌を手にしていた者は、それを前に突き出した。

一触即発の場に、声が響きわたった。

「鎮まれ。我らは野盗ではない」

凛《りん》とした、総右衛門の声だった。それで百姓たちの、振り上げた手が止まった。

足軽二人が、総右衛門の左右の腕を取った。門内に引き入れると、すぐに軋《きし》み音を立てて門扉が閉じられた。

第一章　法螺貝の音

一

秋の日差しを浴びて、利根川《とね》の水はとうとうと流れている。大河の流れを、大小の荷船がひっきりなしに行き交ってゆく。

豊作や凶作、飢饉であっても変わらない。

刈り取られた後の田圃は、どこか寒々しい。利根川の南、下総国香取郡《かとり》に位置する高岡河岸《かし》には、二百石の弁才船《べざいせん》が停まって、醬油《しょうゆ》樽の荷下ろしをしている。荷下ろしをするのは、高岡藩領内の百姓たちだ。

「立ち寄る船が、もっと多くなるといいんだがな」

荷下ろしや荷入れ作業に関わると、手間賃がもらえる。農作物の出来不出来とは関わりなく手に入る銭だから、誰もがこの作業に加わりたがった。特に凶作続きのこの頃となると、ここで得られる銭は大きい。しかし仕事にあぶれる者も多かった。

河岸場《かしば》は、高岡藩一万石にとっても土地の百姓にとっても、貴重な実入りの期待できる場だが、まだまだ規模が小さい。

さらに多くの荷船に立ち寄ってもらうためにはどうしたらいいか、藩はもちろん、百姓にも大きな悩みといえた。

晩秋といってもいいような冷ややかな風が、高岡の村を吹き抜けた。その高岡藩一万石の陣屋に、武射郡及び山辺郡の五村の領地を治める代官所から、足軽が書状を持って駆け込んできた。

健脚の若者だが、息を切らせている。代官大河原常太郎からの書状である。

このとき中老の河島一郎太《かわしまいちろうた》は、陣屋内の奥まった一室で、国家老の児島丙左衛門《こじまへいざえもん》と藩の諸勘定のやり繰りについて話をしていた。凶作続きの中では緊縮財政もやむを得ないが、だからといって質素倹約を叫ぶだけではどうにもならない。

頭の痛い問題だ。そこへ飛び込んできた、代官所からの急な知らせだった。

「いったい、何事だ」

児島は不愉快そうな声を上げた。小太りの狸面《たぬきづら》で、外見は一癖ありそうな五十二歳だが、面倒な出来事が起こるのを嫌う。上からの強い意見には押されるが、下の者へは強い態度に出た。家柄は、家中でも指折りである。

中老の河島は四十二歳で、蔵奉行や勘定奉行を歴任してきた能吏《のうり》だ。前の国家老が失脚して児島が後任になったとき、藩主の井上正国《まさくに》や世子《せいし》の正紀《まさのり》が、児島の目付け役として抜擢した。

児島は受け取った書状を、早速広げた。読み進むにつれて、ますます苦々しい顔になった。読み終えると、無言のまま河島に突き出した。受け取った河島も、書状に目を走らせた。

「これは、厄介ですな」

読み終えた河島が、声を漏らした。横田村の総右衛門を強訴の頭取として捕え、入牢させたという知らせだったからだ。

年貢米を扱う蔵奉行だったとき、河島は総右衛門と何度か会っている。思慮深い人物で、村人たちからの信頼も厚かった。書状を読んだだけでは詳細な状況は分からないが、面倒なことになる予感があった。

百姓たちは、黙っていないだろうと予想がつくからだ。

「考えの足りぬことをいたしおって」

腹立たし気に、児島は言った。これは河島も同感だったが、その対象が違うとすぐに気付いた。

児島は言葉を続けた。

「藩の沙汰《さた》を受け入れず、二十名近くの百姓が代官所の門前に押し寄せるとは何事か。捕えて当然のことであろう」

考えが足りないのは、総右衛門や百姓たちだとしたのである。

河島は、書状を運んできた足軽を縁側まで呼んだ。現場を目の当《ま》たり《あ》にした者だ。捕えた折の詳細について尋ねた。

「では総右衛門が代官所の門を出るまでは、百姓たちは騒いでいなかったわけだな」

「はい。出て来るのを、待っていました」

「不受理を聞いてから、声を上げたわけだな」

「さようで」

大勢の百姓が集《つど》って鳴り物を鳴らし、得物を持ち、城下や陣屋、あるいは代官所などに押し寄せ強引に訴願を提出することは、強訴とみなされる。幕府や諸藩は、逃散と共に徒党や強訴は一揆として把握した。天下の大禁《たいきん》である。

この禁を犯す者は、厳しい罰に処せられた。大河原は総右衛門をその頭取としてとらえ、牢に入れたのである。児島もそれをよしとした発言だった。

総右衛門の処罰については、代官所の白洲で裁かれることになる。そして一揆を起こした百姓たちは、白洲の裁きを待たずに武力で鎮圧される。これが原則だった。

「しかし……」

河島は、この処置に疑問を抱いている。

「騒ぎになったのは、代官所から出た総右衛門から、嘆願書の不受理を聞いてからだな」

「そうです。それで多くの者が声を上げ、代官所の者が出て鎮まるように伝えました。小競り合いが起こり、腰に鎌を差しこんでいた者は、そこで抜いて身構えました」

「うむ、なるほど。初めから抜いていたわけではないのだな」

「そうです」

河島は少しばかり間をおいてから、児島に顔を向けた。

「強訴とするには、やや無理があるのではございませぬか」

「…………」

不審の目を、児島は向けた。

「総右衛門は、一人にて嘆願書を持参して大河原と面談をした。門外にて二十名近い者が集っていたとしても、この段階では声を上げたわけでも、得物を振り上げたわけでもなかった。不受理を聞いて、激高したのでござる」

「激高するなど、もってのほかだ。指図《さしず》は、謹《つつし》んで受けねばなるまい」

これは児島の考えで、領主の権限という点から見れば、間違っているとはいえない。

しかし河島が言わんとするところは、それではない。

「総右衛門の行いは嘆願書の提出であって、強訴ではありますまい。強訴として牢に入れたことは、大河原の勇み足ではござらぬか」

加えて総右衛門は、騒ぐ百姓たちに「我らは野盗ではない」と告げて騒乱を制止している。

もともと武射郡と山辺郡の五村に百五十俵の貸米を求めることについては、藩内にも異論があった。厳しい要求だとは分かっていた。世子の正紀や江戸家老の佐名木源《さなきげん》三郎《ざぶろう》なども、難色を示していた。河島も同様だ。しかし児島や大河原は、可能だと伝えてきたのである。

「かまわぬ。三日も牢に押し込んでおけば、向こうから畏《おそ》れ入りましたと頭を下げ、こちらの命《めい》に従うであろう」

児島は、自信ありげに答えた。

「いや、大事にならぬうちに、何らかの手を打たねばなりますまい。また江戸表にも早急に伝え、ご世子様の指図を仰がねばなりますまい」

河島は、重ねて慎重な対応が必要なことと、江戸表への連絡を念押しした。正紀や佐名木ならば、早期解決のために何らかの指図をしてくると考えたのである。

「あい分かった。そういたそう」

あっさりと児島は承知した。それでこの場は収まった。しかし児島は、百姓たちを舐《な》めていた。騒動は数日で治まると高をくくって、江戸表には伝えなかったのである。


総右衛門が入牢させられた翌日、沖渡村の名主多七郎と小前軍兵衛、横田村の小前庄吉、福俵村の百姓代与助の他に数人の百姓が、横田村の総右衛門の屋敷に集まった。総右衛門の倅総太郎《せがれそうたろう》を囲んでいる。

一同の顔は、強張っていた。追い詰められた顔といっていい。気持ちが治まらず、多七郎を引っ張り出して、集まってきたのである。

「ということは、百五十俵の貸米はどうしても出さなくちゃならねえわけだな」

「そういうことだ。でもそれをするためには、おれは田圃か娘を売らなくちゃあならねえ」

軍兵衛が半泣きの声で言った。悲しんでいるのではない。怒っているのだ。絶望しているといってもよかった。

三十九歳の軍兵衛には、女房すえとの間に三男二女がいる。一番上が、十二歳になる娘の梅《うめ》だった。他に六十半ばの母親がいる。

昨夜は、稗《ひえ》に芋を交ぜた雑炊を食べた。家族八人が、腹いっぱいになるまで食べることはない。いつもの話だ。白い米の飯など、小前の百姓でありながら、祭りのとき以外、ことにこの二、三年は、めったに口にすることができなかった。

この一年に至っては、一度もない。米の出来が悪いだけでなく、数年来の借金もあった。

「腹いっぱい食え」

と言ってやりたいところだが、言葉を呑み込む。皆が、一杯の椀の雑炊を啜《すす》るのである。母は一口啜っただけで、孫たちに分けてやっていた。昨夜軍兵衛は、雑炊を啜る梅の顔を見ていて、胸が張り裂けそうになった。

「おれだって、餓鬼《がき》に満足に薬も飲ませてやれなかったんだ」

そう口にしたのは、庄吉だ。二十四歳の庄吉は、四月《よつき》前に、一粒種の二歳の子を流行《はや》り病で亡くした。軍兵衛よりも広い田を持っていたが、それでもこの数年はかつがつで、充分な薬を与えてやることができなかった。

庄吉の女房は、今は身重だ。貸米を出すことで、凶作に追い打ちをかける状態になる。腹の子を流さざるを得なくなるのかとの虞《おそれ》を持っていた。

軍兵衛は総右衛門とは遠縁で、世話になっている。その総右衛門が理不尽な形で入牢させられたことについても憤慨していた。それは名主に対する情だけでなく、藩や代官所に、五村が見捨てられたという気持ちに繋がっていた。

「このままじゃあ、首縊《くびく》りがでるぞ」

「そんなこと、させるものか」

怨嗟《えんさ》の声は、他からも上がっている。

「こうなったら、筵旗《むしろばた》を立てるしかあるめえ」

そう告げたのは、軍兵衛だった。居合わせた者は、一瞬息を呑んだ。それぞれに顔を見合わせた。しかし反対をする者はいなかった。

「他には、手立てがあるめえ」

「そ、そうだな」

追い詰められているのは、この場にいる者だけではない。それは多七郎も与助も膚《はだ》で感じているらしかった。二人も「止めろ」とは言わなかった。

「ならば、人を集めなくちゃあならねえぞ。村の者すべてを駆り出さなくちゃあ、代官らは動かねえ」

一揆をなすためには、村を挙げての強訴でなければならない。それを五つ束ねるのである。そのためには、各村ごとの連判状が必要だった。そこに名を連ねることで、結束を強めるのだ。

「死罪になるかもしれねえぞ」

と弱気を口にする者もいた。首謀者が厳罰に処せられるのは、誰でも知っている。筵旗を上げようという段になっても、怖れる気持ちは誰の胸の奥にも潜んでいる。

「頭取が誰だか、分からねえようにすればいいんだ。いくら藩や代官所でも、村の者すべてを死罪にするわけにはいかねえんだから」

「いったいどうすれば、そんなことができるんですかね」

与助の提案に、小前の一人が問いかけた。

「車連判《くるまれんぱん》を拵《こしら》えるんだ」

「な、何ですか、それは」

「連判状は、最初に名を記した者が頭取となる。しかしそれでは、その一番に名を書いた者が一番重い処罰を受ける」

そこで後先のない連判状を拵えるのである。頭取が誰かを分からせないように、円形放射状に名を書き連ねるのだという。名主を始めとする村方三役も小前も、対等の関係にある者として名を記すことになる。

それでも名主や村方三役の名があれば、領主の側はこれを頭取とみなす。しかし百姓たちにしてみれば、少しでも名主らの罪科を減らしたいという願いを、そこに込めていた。これには軍兵衛も庄吉も異存はない。

共同体としての、村の絆《きずな》の強さを伝えることになる。

「他の村でもやっているぞ」

「なるほど」

与助の言葉に、一同は頷いた。

早速紙を用意した。村ごとに、居合わせた者がまず自分の名を書き入れた。そしてまずは全員で、ここにいない名主のもとへ出かけることにした。

二

井上正紀は、世子の御座所で江戸家老佐名木と江戸詰めの勘定頭井尻又十郎《いじりまたじゆうろう》の三人で話をしていた。散々だった今年の収穫量を前提にして、藩財政の立て直しをどうするか意見を交わしていた。

といっても、名案があるわけではない。あるならば、とうの昔に取り掛かっている。

「年貢の四公六民を五公五民にしたのは、断腸の思いであった」

「いかにも。しかし藩士への借上も、二割から二割五分にしております。百姓にだけ負担を押し付けたのではございませぬ」

正紀の言葉に、佐名木が応じた。井尻も頷いている。藩士からの借上は、天明期になってから、ずっと続いていた。返すことのない借上である。

「しかし武射郡と山辺郡の貸米百五十俵は、厳しかろう」

米一俵は、百姓にとっては命に等しいものだと今は分かる。昨年利根川の堤普請《ふしん》に関わった。百姓たちの稲作に対する思いの深さを、身をもって味わった。

「しかし代官の大河原は胸を張ったと、児島様はおっしゃっておいでです」

井尻が応じた。

「確かにあの五村は、どこよりもましな出来であったが」

よかったわけではない。ましという程度だ。

正紀は児島の言葉だけならば信じない。大河原には念を押していた。大丈夫でございますという返書を受け取って、よしとした。

背に腹は替えられない。藩士への借上だけでなく、藩主家の経費もぎりぎりまで削減をすることで、痛み分けとしたのである。

「致し方のない、仕儀でございましょうな」

佐名木が言った。しかしこの百五十俵の貸米については、状況によっては取り下げることも念頭に置いていた。

児島や大河原は大丈夫だと言っているが、佐名木は気になるらしい。この男の嗅《きゅう》覚《かく》は優れている。気分で口にするのではない。違うところからも情報を仕入れ、判断の材料にした。

時には耳に痛いことも言うが、性根の据わった信頼できる人物だった。

「百姓らは、素直に受け入れるか」

正紀も佐名木も、楽観はしていなかった。

「他所《よそ》では、五公五民どころか、六公四民の藩までございまするぞ」

井尻は、他藩の事情も口にした。

高岡藩のある下総国は、江戸に近い。そこで下総には小大名の領地がひしめき、旗本たちの知行地も割り込むように点在していた。もちろん将軍家の天領もその中に交っている。

どこかの藩だけが、厳しくしすぎたり緩くしたりすることは、避けなくてはならない。特に天領のやりようについては、神経を尖らせていた。

「沖渡村など武射郡の三村は、天領と領地が重なります。収税や仕置については、当家だけでは収まりがつきませぬ」

三村が関わる天領の米は六十五石と少ないが、量の多い少ないは問題ではなかった。幕府の代官所では、五公五民の収税を行っていた。佐名木はそれを踏まえて、発言をしている。

一万石の高岡藩など、吹けば飛ぶような存在だ。藩主正国と世子正紀が尾張徳川家《おわりとくがわ》の一門であっても、それで盤石《ばんじやく》とはいえない。幕府の意向には気を使った。難癖をつけられて、一石でも減封されたら、高岡藩は大名ではなくなる。

「しかし面倒な話でございますな。当家はもちろん、天領もあちらこちらに散っております。一つにまとめられれば、手間はかからぬのですが」

井尻がため息をついた。

一万石の高岡藩も、陣屋のある香取郡や武射郡と山辺郡の他に、相馬郡や印旛郡にも飛び地がある。これは加増があって領地が増える場合、本拠地に隣接した土地を領地にできるとは限らないからだ。隣接地には、すでに他の領主がいる。加増によって与えられる領地は、持ち主のいない土地で、それはとんでもない遠隔地になる場合も珍しくなかった。したがって飛び地のある大名は、いくらでも数え上げることができた。

高岡藩領に隣接する滑川《なめがわ》村や大菅《おおすが》村などは、山城《やましろ》国淀《よど》藩十万二千石稲葉《いなば》家の飛び地だ。淀藩には下総だけでなく、常陸《ひたち》や上野《こうづけ》、下野《しもつけ》や近江《おうみ》などにも飛び地があった。下総だけで済む高岡藩は、まだましといわなくてはならない。

「百五十俵の貸米については、何かあったら、素早い手配をいたさねばなるまい」

「さようですな」

正紀も佐名木も、気になっていた。知らせがないのは、多少の問題はあるにしても、事が順調に進んでいる証《あかし》だと考えた。

年貢の米俵が、そろそろ藩の米蔵に納められる頃だった。

四つに深く裂けた黄赤色の小さい花が、葉の脇で群れて花開いている。微かに甘い花のにおいが、風で縁先まで届いてきた。庭のそのあたりが、浮き上がって見える。

「金木犀《きんもくせい》が見事でございますね」

「そうだな」

妻の京《きょう》の言葉に、正紀は応じた。夫婦で縁先から庭を眺めている。空は、吸い込まれていきそうなほど青かった。二人は祝言を挙げて、ほぼ一年になる。こうして二人だけで庭を眺めていると、心持ちが穏やかになる。

京が運んできた白湯《さゆ》を、正紀はゆっくり飲み干した。京は茶の湯が趣味だが、贅沢《ぜいたく》は慎もう、倹約できるところは少しでも控えておこうと話し合って、茶は特別な折だけと決めた。藩士領民が苦境にあるなら、自分たちもと京の方から言ってきた。

もともと従姉弟《いとこ》の間柄で、京は正紀よりも二つ年上だ。二十歳になる。何度か会って話をしたことはあったが、好いて好かれて祝言を挙げたわけではない。家と家との、政略結婚といってよかった。

四月に京は、腹にできた正紀の子を流産している。

日頃は気丈で高飛車な物言いをする京だが、腹の子を亡くしたことについては、不甲斐《ふがい》ないと己を責めた。人柄が変わってしまったかと思うほどだったが、その心にできた鬱屈《うっくつ》を、正紀は癒《いや》すことができたらしかった。今では、共にいることが安らぎになる間柄になった。

ただその後、次の子ができる気配はない。二人の間では、自然に子どもの話をするのを避けるようになった。

正紀は美濃今尾藩《みのいまお》三万石の当主竹腰勝起《たけのこしかつおき》の次男として生まれている。兄睦群《むつむら》がいるので、継嗣《けいし》にはなれない。そこで高岡藩主井上正国の娘京と祝言を挙げた。

義父となった正国は、父勝起とは兄弟である。父は尾張徳川家八代宗勝《むねかつ》の八男で、義父は十男だった。また竹腰家は、尾張徳川家の付家老《づけがろう》の家柄でもあった。兄睦群は、その任についている。

そういう名門の出だから、正紀はもっと大身の大名家に婿入りすることもできたはずだった。しかし正紀は、自ら一万石の高岡藩に婿入りをする道を選んだ。

小藩の方が、腕の振るいようがあると考えたからだ。ただ高岡藩の財政状況の酷さは、想像以上だった。大名家でありながら、百数十両の借金だけでも、右往左往する体たらくだった。

そこで正紀は、領地が利根川に接していることを利用して、河岸場として活性化させることを考えた。今では下り物の塩や淡口《うすくち》醤油を運ぶ中継点として活用されるようになったが、藩財政を潤《うるお》すまでには至っていない。

「今年も、襖や畳の張替えができなくなりました。御召し物の新調も、先延ばしです。母上様のご機嫌は、なかなか直りません」

「うむ。そのようだな」

姑の和《かず》は、姫様育ちだ。京も一年前は贅沢好きの姫様だったが、正紀の働きぶりを目の当たりにする中で、藩の置かれた状況を理解したらしかった。

しかし和はそうはいかない。藩財政の厳しさを頭では分かっているが、実際に自分の暮らしに関わってくると面白くないのは明らかだ。今年は四月に、金策のために大事にしている狩野《かのう》派の軸物を手放してもらった。機嫌よく出したのではなく、渋々だった。それはいまだに、気持ちの奥に不愉快の種となって残っているらしかった。

奥では、毎朝仏間で先祖の位牌に読経を挙げる。当主の正国は大坂定番《おおさかじょうばん》として赴任しているので、今は和と正紀夫婦の三人が仏間に入った。四月以降、和の正紀に対する態度は、どこか冷ややかだ。

「藩の財政にゆとりができた折には、狩野派の絵を取り返すといたそう」

「そうなれば、機嫌もよくなりましょう」

「しかしいつになるかは、分からぬぞ」

正紀はため息をついて空を見上げた。今日の天気は快晴で穏やかだが、連年の天候不順が土地を痩せさせ、米作りを難しくさせていた。

「高岡河岸を、さらに賑やかにすることはできませぬか。雨が降ろうが降るまいが、寒い暑いに関わりなく、荷は運ばれまする」

河岸が活性化すれば、米とは違う安定した実入りが得られる。高岡河岸によって藩に入る運上金《うんじょうきん》や冥加金《みょうがきん》は、欠かせない収入となっていた。京はこれを増やせと言っている。

「新たな手立てが、あるであろうか」

「それはあなたさまが、お探しなさいまし。待っているだけでは、埒《らち》が明きませぬぞ」

と発破《はっぱ》をかけられた。

三

「霊岸島《れいがんじま》の桜井《さくらい》屋へ参る。供をいたせ」

「ははっ」

正紀は家臣の植村仁助《うえむらにすけ》を伴って、下谷広小路《したやひろこうじ》の高岡藩上屋敷を出た。お忍びの外出だから、二人だけだ。

他の藩士がいないから、植村は目を輝かせてついてくる。歳は二十一で、元は家禄三十五俵の今尾藩士だった。正紀の婿入りに従って、同禄で高岡藩士となった。何年か前に、植村は藩邸内でしくじりを犯した。腹を切らされるところを、正紀の嘆願で救われた。それを恩義に感じて、正紀の役に立つことを喜びとしていた。

剣術はからきしだめだが、巨漢で膂力《りょりょく》だけは桁外れにあった。正紀が今尾藩で部屋住みだった頃は、よく二人で江戸の町へ繰り出した。下り塩や淡口醬油を高岡河岸へ運ぶにあたっては、命懸けで働いた。

霊岸島富島《とみじま》町にある桜井屋は、下総行徳《ぎょうとく》にある地廻り塩問屋桜井屋の江戸店である。下り塩や淡口醬油を、西国から仕入れるにあたってその拠点としていた。

正紀は桜井屋の隠居である長兵衛《ちょうべえ》夫婦と利根川を行く船の上で知り合い、様々な手助けをした。それが縁で昵懇《じっこん》の間柄になった。

桜井屋が仕入れた下り物の塩や淡口醬油は、江戸から運ばれ高岡河岸でいったん降ろされる。そして霞《かすみ》ケ浦《うら》や北浦《きたうら》、銚子《ちょうし》方面と行先別に区分けされ、他の船に載せられた。高岡河岸が桜井屋の商品の中継場所として機能することで、無駄のない輸送ができた。

桜井屋にとって高岡藩は、商いの上で重要な役割をする相手になった。そして高岡藩にとって桜井屋は、河岸利用による運上金や冥加金を得る相手になった。持ちつ持たれつの関係になったのである。

長兵衛は隠居の身とはいえ、下り物の商いについては主人と変わらない働きをしている。普段は行徳の本店《ほんだな》で暮らしているが、月に何度か江戸へ出てきた。今日がその日だと聞いていたので、出向くことにしたのである。

塩と醤油だけでなく、他の下り物を扱う手立てはないか。そのあたりについて、意見を聞いてみたかった。

日本橋《にほんばし》界隈の表通りには、少なくない人が歩いている。行き交う荷車や辻駕籠《つじかご》の姿もあった。小売りの商店では、手代や小僧が並べた商品にはたきをかけていた。

「また、ものの値が上がっていますね。不作だった米の値が上がるのは分かりますが、他の品もみんな申し合わせたようじゃないですか」

道端に並べられた商品の値に目をやって、植村が言った。

「あれでは巷《ちまた》の者は手が出ないであろうな。売れぬ品には埃《ほこり》が積もるから、はたきをかけなくてはなるまい」

正紀も町に出たときには、ものの値には注意を払っている。米や麦はもちろん、雑穀までが値を上げていた。売り惜しみをしているのか、品切れなのか、店を閉じている米屋があった。

「これは正紀様。ようこそ」

長兵衛は、いつでも歓迎してくれる。奥の部屋へ通されると、正紀だけでなく植村にも茶菓がふるまわれた。

「扱う下り物の品目や量を増やしたいというのは、前にもお話をいたしましたね」

「うむ。しかしいよいよ、本腰を入れねばならなくなってきた」

長兵衛には、常々藩の苦しい事情は伝えている。見栄を張る必要はなかった。

「そうですなあ」

腕を組んで、少しばかり思案する仕草《しぐさ》を見せてから続けた。

「塩や醬油、酒などだけでなく、各種の織物や油、香や美術品なども運ばれてきます。しかし打ち続く飢饉や凶作でございますからね。金はあるところにはあると前に申し上げましたが、ここまでくると苦しくなってまいります」

「どういうことか」

「売る側も仕入れる側も、量を減らさぬようにするので精一杯という話でございます。私どもで扱っている塩や醬油でも、増やすどころか減らさぬようにするだけで四苦八苦しております」

「なるほど」

増やすどころか、量を減らされるかもしれないとなると、穏やかな話ではなかった。

「何しろ昨年にも増して、作物の出来は悪うございましてね。下総も常陸も、疲弊をしております。東北に劣りません」

「さようか」

長兵衛は、霞ケ浦や北浦など常陸の国を商いの場にしている。各村々の直近の状況について、詳しい話を仕入れてきていた。

「飢饉の東北では、一揆や米騒動がすでに各地で起こっています。しかし常陸や下総でも同じ様相を見せてきました」

「よそ事ではないな」

正紀は胸に痛みを持って、長兵衛の言葉を耳にした。高岡藩でも何が起こるか分からない。

「常陸では、収穫高が五割を切った村が珍しくありません。これを五公五民の定免法で年貢を取られたら、百姓の取り分はございません。生きるためには、筵旗を立てるしかないでしょう」

東北では、収穫高が三割という土地もあると聞いた。ここで正紀は、冷えた茶を啜った。植村は固唾《かたず》を呑んで長兵衛の話を聞いている。

「藩によっては、飢饉凶作に備えて御救米《おすくいまい》を用意しているところもあります。しかしそれがないところでは、百姓たちは道端の草を食い木の根を齧《かじ》るしかありません」

「いかにもな」

高岡藩には、御救米の備蓄もない。

「ですから、いつ一揆が起こってもおかしくない村は、いくつもあります。それぞれ事情は違っても、百姓たちは生きるか死ぬかの淵《ふち》にいますゆえ」

「たとえばどこか。摑んでいるのではないか」

「まあ、正紀様ですからお話しいたしましょう」

長兵衛も一口茶を啜って続けた。

「府中《ふちゅう》藩が気になります。行方《なめかた》郡にある飛び地が、危《あぶ》のうございます」

「何と」

常陸国府中藩松平《まつだいら》家二万石は、正紀の叔母品《しな》が正室として嫁いでいる大名家だ。勝起や正国の妹に当たる者である。正紀はこれまで、たびたび屋敷を訪ねて知恵を貸してもらった。淡口醬油を売るときには、当主の頼前《よりさき》が力になってくれた。

それだけに、正紀にしてみれば衝撃だった。

「行方郡の領地では、今年の収穫高は例年の五割を切っています。あそこは五公五民の年貢です」

「御救米は、出したのであろうか」

「そこまでは、存じません」

行方郡は、霞ケ浦と北浦に挟まれた地域である。正紀は四月に、菩提寺《ぼだいじ》浄心寺《じょうしんじ》の改築の材木調達のために霞ケ浦へ出向いた。そのとき浦の水面から目にした村々というころになる。

府中藩松平家は、水戸《みと》徳川家の連枝《れんし》の家である。高岡藩井上家とは家格が違う。御本家からの支援が望めるのではないかと思われるが、高岡藩と同様、領地が分散している上に、土地の地味《ちみ》が良くない。財政が逼迫《ひっぱく》しているという話は薄々気づいていた。

「頼前様は、どのような対応をなさるのでござろうか」

正紀が最も気になるところだ。一度一揆が起こってしまえば、領主はその始末に当たって、手腕を問われる。

けれども今の時点で、正紀が何かをできるわけではなかった。思案しなくてはならないのは、高岡河岸をどう活性化させるかという問題だった。

「では高岡河岸へ、新たに荷を入れる手立てはないというわけか」

力が抜ける思いで、正紀は呟《つぶや》いた。

すると長兵衛は、首を横に振った。何か心当たりがあるという顔になっている。

「銚子から、干鰯《ほしか》を運ぶ中継地にしてはいかがでしょうか。銚子から運ばれた干鰯を高岡で、鬼怒川《きぬ》や小貝川《こかい》、関宿《せきやど》方面に向かう船に分けるのです。江戸からの荷ばかりでなく、江戸への荷の中継地にするというのも手立てではございますまいか」

「それはそうだが」

気の乗らない返答を正紀はした。この話は、前に児島が持ってきた。しかし干鰯は強いにおいが出るということで、話を却下した。

確かに干鰯は、草木灰や人糞と比べて肥料としての質は高い。そこで干鰯問屋が銚子にあって、利根川を使って下野や上野といった内陸の百姓のもとへ運んでいる。においの問題を解決できるならば、商いとしては将来があると思われた。

「新たな納屋《なや》を、お建てになればよいのです。干鰯を入れるだけですから、古材で充分です」

「悔しいが、その余力が高岡藩にはない」

堤普請のための杭二千本は、尾張徳川家の総帥である伯父の宗睦《むねちか》が、婿入りの餞別《せんべつ》として出してくれた。下り塩では桜井屋が、淡口醤油では龍野《たつの》藩が後ろ盾になった。しかし今は、高岡藩だけで対処しなくてはならない。

今それをするならば、武射郡と山辺郡に課した貸米を、他の村にも求めなくてはならなかった。一揆は府中藩ではなく、高岡藩で起こってしまう。

干鰯は、先の問題として踏まえておくしかなかった。

四

月に一度、正紀と佐名木は浜町《はまちょう》にある浜松《はままつ》藩上屋敷へ出向く。井上一門の本家浜松藩六万石の主正甫《まさもと》と江戸家老、それに分家の高岡藩及び下妻《しもつま》藩一万石の藩主と世子、それに江戸家老が顔を揃える。

ここで三藩の動向の報告と、本家からの様々な指図を受けた。分家からの要望が出されることもあった。

現在の懸案は、一門の菩提寺である白山丸山《はくさんまるやま》の浄心寺の本堂の改築問題である。諸国が飢饉凶作の折にと批判もあったが、本家の先代藩主正定《まささだ》の一周忌法要を終えて行うことになった。そこには陰謀があったからだが、ともあれ資金は集まって、普請は進められていた。

すでに旧本殿は解体され、普請は順調に進んでいる。正紀と下妻藩世子の正広《まさひろ》は、普請の奉行役を務めていた。

その経過報告も行われる。

正甫はまだ十歳で、本家の当主とはいえ幼少だ。そこで後見役となるのが国許と江戸の家老だが、菩提寺普請には不正があって、江戸家老建部陣内《たてべじんない》は失脚をして腹を切った。新しく江戸家老になったのは、先任の陣内とは遠い縁戚に当たる建部右近《うこん》という者だった。藩内では名門の家の出で、正紀らも当然面識はあった。三十八歳になる。

高岡藩は、当主正国が大坂定番なので不在だが、下妻藩も当主の正棠《まさき》はこの場に顔を出していなかった。正棠は建部陣内と共に、浄心寺の改築に関わる企みに関わっていた。当主としての座は奪われていないが、実質的な権限はすべて奪われて下屋敷で蟄居《ちっきょ》同然の暮らしをしていた。

下妻藩の藩政は、世子の正広を中心にして行われている。正紀よりも二つ下の十六歳だ。

「稲刈りも済み、各家の年貢徴収は順調に進んでおられようか」

話し合いの進行をするのは、浜松藩の建部である。陣内よりも一回り以上若く、切れ者といった印象があった。

「稲の作柄はよろしくありません。年貢の徴収には、手間取る村がありそうでござる」

　正広が言った。

　浜松藩も例年に比べて、米の出来は悪かった。しかし八割程度の収穫ができそうだと、先月の集まりでは報告があった。正紀も正広も、その話を羨《うらや》む気持ちで聞いたのである。

　下妻藩の収穫高は、高岡藩とほぼ変わらない。ただ新田開発を進めているので、微量とはいえ、不足分を補うことができたらしかった。

　苦しいという点では、変わらない。

「一揆や打ち壊しには、ご注意いたされたい。後の仕置が厄介でござる。ご公儀も、始末の様を厳しい目で見つめてきますからな」

　家老職ではあるが、正甫の名代として話しているから、居並ぶ者たちに対してへりくだった言い方はしなかった。

　建部の言葉に、正甫は頷いている。

「高岡藩は、いかがでござるか」

「今は何もありませぬが、気をつけたいと存じまする」

　言いながら、ちらと頭をかすめたのは、武射郡と山辺郡にある五村のその後だった。

児島は何も言ってきていない。

打ち合わせが済んだ後で、正紀と正広は建部から声掛けをされた。

「客人がお二人、見えています。お会いになりませぬか。お客様方は、望んでおいでです」

誰かと聞くと、一人は思いがけない人物だった。駿河《するが》国沼津《ぬまづ》藩三万石の当主水野忠《みずのただ》友《とも》である。老中職にある人物だった。もう一人は、浜松藩と姻戚関係にある奏者番《そうじゃばん》の松平信明《のぶあきら》で、これは浄心寺の改築絡みで折々顔を合わせていた。

普請の奉行役を外されそうになったとき、力を貸してくれた。普請の分担金を出すにあたって、正紀と正広は他に手立てがなく、麦と銭の相場に手を出した。信明はそれを武士にあるまじき行為だと不満を示したが、違法な真似をしたわけではないと、責める建部陣内や井上正棠に反論した。

信念に基づく言動をするが、正紀や正広とはどこか何かが違う。敵愾心《てきがいしん》を持って向かってくるわけでもなかった。会えば穏やかに話をして、考えが合えば賛同する。賢い人物だと感じている。歳は二十五で、三河吉田《みかわよしだ》藩七万石の当主だ。

「これは、水野様。お目にかかれて恐悦《きょうえつ》に存じます。」

水野は五十七歳で、親子ほどの歳の差がある。老中という職にある者だから、正紀と正広は丁重な挨拶をした。

「いやいや。ついでに立ち寄っただけだが、若い方々に会えるのは喜ばしいことである」

狸顔《たぬきがお》で小太り。一見人の好さそうな人物に見えるが、気をつけなければいけないと佐名木に言われたことがある。

田沼意次《たぬまおきつぐ》が失脚したとき、今後の幕政の行方を占う意味で、兄の睦群や佐名木から幕閣にいる各人物の人となりについて話を聞いた。水野の名は、気にかかる人物の一人として耳の奥に残っていた。

水野はもともと田沼意次一派の者で、今は老中とはいえ、いつ失脚するか分からない身の上だというのが定評だ。田沼意次失脚には、尾張徳川家や水戸徳川家の陰の力もあったので、その血筋である正紀は好感を持って接せられることはないと感じている。

親し気な口ぶりも、本心かどうかは分からない。大名家の世子になって一年。それまでにないほど、多くの者に出会ってきた。目に見える態度や言葉だけでは、人を判断することはなくなっていた。

「浄心寺の普請は、順調だそうで、何よりではござらぬか」

「松平様のご尽力をいただいておりますゆえ」

まずは信明を立てておく。

普請に使う材木を、常陸の鯉川《こいがわ》を使って取り寄せた話などをした。

「常陸といえば、東北諸藩と共に、作柄はよくなかったようだ。下妻藩は、いかがであったか」

水野は正広に目を向けた。

「仰せの通りでございます。例年にない作柄でございました」

「うむ。そういう折には、えてして下々の者は不満をため込む。一揆など起こさせぬよう、治世には励まねばなるまい」

「ははっ」

正広は、頭を下げた。

ここでそれまで聞いているだけだった信明が、口を開いた。

「東北だけでなく、常陸の各地にも一揆の起こる気配がござる。万が一そのようなことがあった場合には、いかがなされる」

これは正広に問いかけている。

「それは……。厳しい対処が肝心かと存じまする」

思いがけない問いだったらしい。やや慌てた口ぶりだった。大雑把な返答といっていい。

「いかにも。そうであらねばなるまい。領主が一度決めたことは、最後までやり通さねばご政道は成り立たぬものでござる。百姓の不埒《ふらち》な申し入れを受け入れるのはもちろん、徒党を組むなどの暴挙については、厳しい処置をしなくてはならぬでしょうな」

「いかにも、いかにも」

信明の言葉に、水野が相槌《あいづち》を打った。

「国を治めるには、政《まつりごと》が威厳をもって行われ、守るべきことを守らせるところから始まるものでござる。一揆をなした場合は、手ぬるい処置や処罰は禁物。世に乱れを起こした者には、相応の呵責《かしゃく》ない処罰を与えなくてはならぬものでござる」

「甘くすれば、つけあがる。それで一度は治まっても、また繰り返す。歯向かう気力を摘み取らねばなるまい」

信明も水野も、強気だ。威厳と秩序を守ることを最優先させろと言っている。そこには、領民の心に対する慮《おもんぱか》りはない。

正紀は考えを述べることもないまま、やりとりを聞いた。水野はともかく、信明とは縁類というだけでなく、長く関わっていかなくてはならない。そういう判断があった。

正紀は高岡藩上屋敷に戻って、信明らと話した内容を京に伝えた。どのような反応をするか、聞いてみたかった。

京は、信明の正室暉《てる》と幼馴染《おさななじみ》だ。ただ親しいとはいえない。信明とも、顔を合わせたことがある。

「あの方らしいお考えですね」

「確かに、いつも正しい筋の通った話をするな」

常に胸を張っていて、相手の目をしっかり見て言葉を発する。その姿は、凛としていた。老中の松平定信《さだのぶ》の信任厚く、年が明ければ御側用人になるというのがおおかたの見方だった。

「ご立派すぎて、少し息がつまります。隙がなく、大事なことしかおっしゃいませんから」

とため息交じりに言った。

その返答は、なぜか嬉しかった。

「では、おれはどうか」

気持ちのいい返答を期待した。おれはあの御仁とは違うぞ、という気持ちがある。

「あなた様は、少々抜けておいでです」

すぐには、声が出なかった。「少々」というところは、それでも気を使ったのかもしれない。

五

再び横田村の総右衛門の屋敷に、武射郡と山辺郡の五村の主だった百姓たちが集まった。前よりも人数が増えている。部屋に入れない者は廊下に、そこへも入れない者は庭から、事の成り行きを見守っている。

どの顔も、緊張と興奮で火照《ほて》っている。怯《おび》えや怒り、悲しみの混じった表情だ。総右衛門が捕えられてから、三日目のことである。

「皆の衆。各村の、車連判状ができたぞ。それぞれの村すべての者が、名を連ねたぞ」

そう叫んだのは、福俵村の百姓代与助だった。これには、沖渡村の軍兵衛や横田村の庄吉などが奔走している。

喜んで名を連ねた者もいたし、悩んだ挙句の者もいる。事情はそれぞれ違うが、このままでは生きていけないという切羽詰《せっぱつ》まった思いを抱えているのは間違いなかった。

「おう」

居合わせたすべての者が、声を上げた。一揆は、個人でなすものではない。村全体が一つになることで、領主に対して圧力になる。小作や水呑を除く五村すべての百姓が名を連ねたのは、一同に勇気を与えた。

ここで連判や起請するに至る事情を書き記し、これにも村の者たちは惣連判《そうれんぱん》を行って起請文とした。一揆を行う以上、処罰を想定しなくてはならない。車連判状があるとはいえ、頭取とみなされるのは、村方三役の誰かか、それを交えた複数の者となるのが常だ。死罪だけでなく、田畑を取り上げられたり追放刑を受けたりすることが予想される。

そこで起請文には、処罰を受けた者とその家族を「片時も路頭にまよわせ申間《もうすま》敷《じく》」と書き足した。

起請文は、領主に出すものではない。一揆をなす者たちが、処罰を含めたすべての負担を全員で分けるぞと、この書状に記して誓いとしたのである。

居合わせた者の署名が済むと、ここにいない百姓の署名を得るべく、百姓たちはいったん村へ引き返す。

「筵旗を、作らねばなるめえ」

これも欠かせない準備となる。一揆の主張と村の名を入れなくてはならない。旗の役目は、村の名とその主張を明確にして、団結の証とすることだ。素材は筵とは限らない。筵よりも布や紙の方が多く使われた。

もちろん、陣屋に提出する訴状も拵えている。これには先に総右衛門が提出した嘆願書の文言の他に、捕えられた身柄の速やかな返還を付け足している。

「名主様を、ひでえ目に遭わせやがって」

総右衛門は村人の願いを背負って、代官所へ出向いた。その総右衛門を入牢させたことは、火に油を注いだに等しい。

一揆の頭取は、改めて決めたわけではない。しかし五村の者たちの気持ちは、固まっていた。

「沖渡村の多七郎さんしかあるめえ」

五人の村名主の中では一番若い。その上弁が立って精力的だ。重厚な総右衛門とは別の意味で、他の村の者からも信頼を得ていた。

多七郎には、隠居をしている元名主の父と母があった。子どもは七歳の多助《たすけ》を頭に、二男一女があった。子煩悩だというのは、村の誰もが知っている。

その三人の子どもたちは、父親の後を追って総右衛門の屋敷の門前まで来ていた。父親の顔つきや態度がいつもと極端に違うと感じたからだ。多助は母親が、朝の竈《かまど》の前で泣いているのを目にしている。

気付かれれば追い返されるのは分かっていたから、間を空けてついてきた。辿り着いた総右衛門の屋敷には怖い顔をした大勢の大人がいて、ときどきぞっとするような大きな声を上げた。

だから怖くて、門の中に入ることができなかった。多助の心の臓は、痛いくらいに何かに締め付けられている。弟や妹も、自分よりも怖がっているのが伝わってきた。二人は握った手を離さない。

どちらの掌《てのひら》も、汗で濡れている。四歳の一番下の弟は泣き虫だが、今日は涙を流すだけで声を上げない。上げられないのだ。

熱に浮かされているような大人たちは、この三人の子どもに気がつかない。しかし一人だけ「おや」と目を留めた者がいた。

総右衛門の倅総太郎の女房ときである。

「あなたたちは、お帰りなさい。ここは子どもが来るところじゃないから」

そう言って三人に飴玉を渡し、頭を撫でた。多助は泣きそうになったが、ぐっとこらえた。泣いたらおとっつぁんに申し訳ないと思ったのである。なぜだか理由は分からない。

「うえーん」

と始まった下の二人の手を邪険《じゃけん》に引っ張って、多助は総右衛門の屋敷から離れた。

翌日の夕刻、沖渡村にある大国主《おおくにぬし》神社の境内から法螺貝《ほらがい》が鳴らされ、鐘が叩かれた。それは曇天の空を突き上げるように、響いていった。腸《はらわた》に染み入る音だ。音はそれだけではない。拍子木や太鼓の音、男たちの吶喊《とっかん》といったものだ。一揆の始まりを告げる合図といってよかった。

怯みそうになる胸の内を、鼓舞《こぶ》する働きもする。

村々から、百姓が集まってくる。一軒一人ずつ、十五歳から六十歳までの者たちである。若い者が複数いても、二人は出さない。これは暗黙の了解だ。一揆に出た者には、どのような懲罰が下るか分からない。家々で、田を守る者を確保したのである。

一揆だからといって、激情に駆られ闇雲《やみくも》に事をなすわけではない。

軍兵衛は腰に鎌を差し、手には竹槍を握って大国主神社の鳥居を潜った。すでに数十人が集まっている。布や筵で拵えた旗が、何本も境内に立てられていた。

集まった者たちが手にしている得物は、鎌や鋤《すき》といった農具が多い。しかしそれだけではなく鳶口《とびぐち》や斧《おの》、鉞《まさかり》といった打ち壊しの際に使用する道具も少なくなかった。

そして一様に竹槍も手にしていた。

中には刀や長脇差を腰にしている者もいる。鉄砲《てつぽう》を持つ者さえあった。誰もそれを驚かない。軍兵衛にしても同様だ。

刀狩りがあっても、多くの農家では武具を残していた。刀狩りは家捜しをして刀剣を取り上げたわけではない。帯刀を許されていないから、百姓たちは押し入れや納屋の奥に押し込んでいたにすぎなかった。

鉄砲も同様だ。そして刀は抜かず、鉄砲は相手に向けない。これは一揆の作法とされた。

一揆は、百姓が行うものである。武家の戦《いくさ》ではなく、野盗の襲撃でもない。百姓として、領主に訴えをすることを主目的としている。

得物には、農具やそれに準ずるものを使う。領主もそれをわきまえていた。鎮圧のために鉄砲を持ち出しても、百姓が筒先を向けてこない限り発砲をしないのは暗黙の了解となっていた。

そして身なりは、すべての者が蓑笠《みのかさ》を身につけた。晴雨や寒暖に関わりなく一揆は行われるからだが、理由《わけ》はそれだけではない。蓑笠こそが、百姓の代表的な野良着だという考え方が根にあるからだ。

「これは、おれたちの鎧兜《よろいかぶと》なんだ」

「そうよ。仲間がどんどん集まって来るじゃねえか」

隣村の男たちが、興奮を抑えて話している。

「いよいよ、始まるぞ」

軍兵衛は忠吉《ただきち》の姿を目に留めて、わざわざ近づいて声掛けした。最初に総右衛門の屋敷に集まった内の一人である。村は違っても、そのときからの仲間だという気持ちがあった。

「おう。後腐れのねえようにしてきたか」

「あたりめえだ」

軍兵衛は胸を叩いた。忠吉は、女房や子どものことを口にしたのである。未練はないと、念を押したのだ。

すでに覚悟はできているつもりだった。しかし胸の奥底に、家の者たち一人一人の顔がある。それを気合で払い落したのだ。

「おまえはどうだ」

「もちろんだ、ここへいたって四の五のは言わねえ」

顔が強張っている。額に浮いた脂汗を、袖で拭った。

鳴り物の音が、ひと際高くなった。四半刻もしない間に、境内は蓑笠姿の百姓で一杯になった。総勢で、百七十一名になるはずだった。

すでに暮色は濃い。篝火《かがりび》が焚かれていた。

「静まれ。我らこれより、氏神様に願いをかける」

与助が声を張り上げると、一同は話をやめた。拝殿に体を向けている。

多七郎が、拝殿の前に進み出た。鈴を鳴らし、柏手を打った。一同の者たちがこれに続く。大きな柏手の音が、空に広がった。

続いて神前に捧げてあった起請文を、法螺貝や鐘を鳴らしながら焼く。その灰を、同じく神前に捧げていた水に混ぜて一同で飲んだ。この一味神水《いちみしんすい》の儀式を通して、五村の百姓たちは、団結を誓ったのである。

この騒動について、もちろん代官所では気がついていた。数日前から、異変は察していたのである。大河原は法螺貝の音を聞いて、一揆の始まりを知った。小者《こもの》を走らせて、境内の様子や集まった人数について、すでに探らせていた。百七十名もの百姓たちは、手に手に得物を持っている。十人余りの代官所の人員では、鎮めることなど到底できない。

大国主神社の境内に一同が集い、神前で祈願をした。そして一味神水の儀式をする姿を、改めて出向いた代官所の小者が、離れたところから目撃して報告した。

大河原はまず高岡の陣屋へ、馬を走らせた。その上で、門扉を閉じた。陣屋からの指図や鎮圧のための兵を待つことにしたのである。何があっても軽はずみな対応はしないと、腹を決めていた。

薄暮の空に響く鳴り物の音を、代官所の者たちは不気味な音として聞いた。不吉な思いに包まれながら、所内にある鉄砲や弓矢などの支度《したく》を行ったのである。

六

真夜中、馬蹄音の響きで河島は目を覚ました。夜の静寂を破って、徐々に近づいていてくる。その早馬の駆ける音が、変事の出来《しゅったい》を伝えていた。

「あれは武射郡の代官所からだな」

と気がついて、目がきっちりと覚めた。起き上がって身支度を始めた。はっきりと胸騒ぎがある。

陣屋の前で馬蹄音が止まると、次には拳《こぶし》で門扉を叩く音が響いた。門番も馬蹄音には気付いていたらしく、すぐに門が開けられる気配があった。

夜間の早馬など、十年に一度もない。

乱れた足音があって、面談部屋へ入った。児島は夜着姿で、駆けつけてきた。

「何事か」

早馬は、やはり大河原が寄こしたものだった。気持ちを落ち着かせてから、河島は使者の侍に問いかけた。

「武射郡及び山辺郡の五村による一揆にございます。昨夕、沖渡村の大国主神社の境内で一味神水の儀式と、旗揚げを行いました。百七十名ほどが、集まりましてございます」

必死の眼差しで、唾《つば》を飛ばしながら言った。

「ひゃ、百七十名だと。で、では村のすべての家からではないか」

児島は驚愕《きょうがく》した声を上げた。燭台《しょくだい》の明かりが、引き攣った青白い顔を照らしている。

「頭取は、誰か」

「それはまだ分かりません。うち揃って、代官所へ門訴《もんそ》を行うものとみられます」

「ううっ」

それきり、児島は声を出せなくなった。

河島は百姓たちの身なりや手にしている得物、立てられた筵旗などについて問いかけた。神前に集い、一味神水を行ったことを改めて確かめた。

それを聞いて、村人たちが強訴をなす決意をしたと察した。連判状も整え、一揆として代官所へ押しかけて来るのである。

「それで代官所はどういたした」

「門扉を閉じましてございます。今後のお指図と、鎮圧のための兵を賜《たまわ》りたいとの、大河原様よりの言伝《ことづて》でございます」

「訴状の内容は、まだわからぬのだな」

「先に捕えた総右衛門が申し越しましたものと、同様のものかと存じます」

「それに総右衛門の身柄の引き渡しも、求めて来るであろう」

入牢させたことは、行き過ぎだった。それが村の者たちの背中を押したと察した。

「百姓どもめ、無茶をいたしおって」

児島が、ようやく口を開いた。苦々しい顔になって続けた。

「代官の処置も、不手際であった。筵旗を立てる前に、それなりの対処ができなかったのか」

百姓にだけでなく、大河原にも腹を立てていた。児島の口から出てきた言葉は、人を責めるものだけで、解決策ではなかった。

ひとしきり憤慨してから、河島へ顔を向けた。気弱な表情になっている。

「いかがいたしたらよかろうか」

これは相談ではない。判断を押し付けてきたのである。うまくいけば児島の功績で、しくじれば河島の責にするつもりだ。

河島は言われなくとも、どう対応するべきか思案していた。ただ腑に落ちないのは、江戸から何の連絡もしてこない点だった。確認の文をしたためよう、と考えていた矢先の出来事である。

総右衛門からの請願や、小競り合いの後の入牢については、すでに児島から報告済みのはずで、正紀や佐名木ならばすぐにも指図の返書が届くはずだった。それがいまだにない。

「江戸からは、何も言ってきませぬか。それも腑に落ちぬことですが」

そう問いかけてみた。あの頃と状況は違っているが、児島のもとに届いているならば聞いておきたかった。

「あ、いや、それは……」

口ごもった。視線が宙を泳いでいる。次の言葉が続かない。

「いかがなされましたか」

「いろいろと用が重なってな」

慌てぶりを目にして、知らせを江戸に出していなかったのだと気がついた。腹立ちと苛立《いらだ》ちを覚えたが、責めたところで児島は言い訳しかしないのは見えていた。

念を押し、しつこく迫らなかったことを後悔した。また責めている暇もない。

この件は早馬を飛ばして江戸に知らせるにしても、返答がくるには時がかかる。一揆の者たちは、その間にも事を進めて行くだろう。

「まずは使者を出しましょう。各村の名主と昵懇《じっこん》の者をかの地へやって、門訴の取り下げをするように諭《さと》させるのです」

納得が得られるとは考えられないが、まずはそれが段取りだろう。使者というよりも、なだめ役といった役割だと河島は考えた。

「それはよい。そこもとの考えを入れよう。ならば誰をやればよいか」

児島は重大事では、判断を下さない。腹立たしいが、かまってはいられなかった。

「郷方《ごうかた》廻りの須賀弥兵衛《すがやへえ》ではいかがでしょう」

武射郡と山辺郡、それに市原《いちはら》郡内の領地を担当して各村々を巡回する三十九歳の藩士である。農事の指導や村の仕置にも関わる。名主や百姓たちとも、親交があるはずだった。

須賀は郷方廻りを、十年以上務めている。

「では、さっそく行かせることにいたしまする」

河島は応じた。


法螺貝の音は、腹の底に響き渡る。何十年も前に、九十九里の海岸で得た貝を利用している。これに鐘や鉦《しょう》、太鼓の音、叫び声が交る。

何本もの松明《たいまつ》が、道を昼間のように明るく照らしていた。

「百五十俵の貸米を、なしにしろ」

「名主様を、我らに返せ」

同じ言葉を繰り返す。代官らの耳に刷り込み、訴状を受け取らせるのだ。百七十人の男たちは必死だ。

「もう、引き返せねえからな」

「ああ、そうだ。代官所がだめならば、ご陣屋へ行くまでだ」

軍兵衛の言葉に、庄吉が頷いた。

多七郎が率いる五村の強訴は、一揆とはいっても逃散とは違う。逃散は、文字通り村を捨てて逃げ出すことをさした。訴状を出して、状況を変えてくれと願い出る性質のものではない。

この逃散には、二つの区別がある。『走り』と『申し合わせ』という違いだ。走りは生活苦を理由に一人やごく少数の者が離村をする場合をいった。抵抗や闘争をする意識は持ち合わせていなかった。

幕府や大名などの領主は、これを一揆としては受け取らない。

問題は、『申し合わせ』の方だった。こちらは村ごと、『申し合わせ』て逃げ出すことをさす。徒党を組んで、領地から「立ちのく」のである。歯向かうわけではないが、生産を放棄することになる。これは反逆の一つで、領主にとっては死活問題といってよかった。

領民のいない領主など、成立しえないからだ。従って領主は、逃散を強訴に劣らない重大事として対処した。

同じ徒党を組むとはいっても、強訴は男だけだ。男の百姓の闘いである。しかし逃散は、申し合わせて村ごと逃げ出すわけだから、女子《おなご》が交っている。しかも逃散先での生活を考えているから、牛や馬なども伴った。

一口に一揆といっても、ただ領主に逆らうというだけで一括りにはできない。

「おい、代官所の門は締まっているぞ」

「開けろ。開けさせろ」

一同が代官所へ着いたときには、すっかり夜のとばりが下りていた。鳴り物や掛け声は聞こえているはずだが、代官所の扉は開く気配がなかった。

何度拳で叩いても、返答は一切ない。

「相手にしねえつもりだな」

「門を叩き壊せ」

と叫んだ者がいたが、そうした破壊行為は、勝手にしてはならないと取り決められていた。

「ふん。こんなことだろうと思ったぜ」

どこかほっとした顔で、庄吉が言った。軍兵衛も「そうだ」と相槌を打った。

これはある程度、予想していた。多七郎は、用意していた訴状を竹の先に挟んで門前に立て、門訴としたのである。

「門内の方々、お聞き願いたい」

多七郎は、閉じられた門に向かって叫んだ。一同は口を噤《つぐ》んでいる。しんとしたところで、多七郎は続けた。

「我らは総右衛門をお返しいただき、得心のゆくお返事をいただかない限り、徒党を解くことはない。御承知おきいただきたい」

これだけ告げて、二十名ほどの見張りを残して、一同は大国主神社の境内に戻った。

「おい、あれは何だ。何者だ」

鳥居のところに、見かけない顔の男の影がいくつかあった。目に留めた軍兵衛が、声を上げた。

旅姿の商人ふうと浪人者が一人ずつ、それに無宿者といった身なりの男が三人いた。無宿者らしい男たちが引く荷車には、何が入っているのか分からないが、俵がひとつ載っている。

一行が鳥居の近くまで来たところで、商人ふうが駆け寄ってきた。そして百姓たちの身なりや顔を見渡し、多七郎の前へ行った。

頭取が誰かを探って、多七郎と判断したらしい。

「私は江戸は日本橋久松町《ひさまつ》にあります米問屋相馬屋《そうま》の番頭で、楽太郎《らくたろう》という者でございます。通りかかりましたところ、筵旗をお立てになったと知りました。村の方に事情を聞きますと、まことにもっともなお話。義により、ご助勢いたしたく、私ら五名は参りました」

楽太郎と名乗った男は、三十代後半くらいの歳に見える。初めて目にする顔だった。

「知っているやつか」

「いや、見かけねえやつだ」

軍兵衛の問いかけに、庄吉は胡散臭《うさんくさ》いものを見るような顔で応じた。

「こちらは遊びでやっているんじゃねえぞ。怪我をしねえうちに帰りやがれ」

そう叫んだ者がいた。怪しげなやつだと、誰もが考えたのは無理もない。

だがそこへ、無宿者らしい三人が荷車を引いてきた。楽太郎は、その俵に手を触れて声を張り上げた。

「これは麦俵でございます。兵糧はいくらあっても、無駄にはなりません。手土産《てみやげ》として持ってまいりました。どうぞ、お使いくださいませ」

「何だって」

百姓たちは、皆驚きで目を剝《む》いた。兵糧が大事なのは、誰もが分かっている。百姓たちは集まるにあたって、稗などの雑穀や萎《しな》びた芋、豆、根菜など家にある品を持ち込んだ。しかし家には残っている家族がいる。ぎりぎりのところで、支度をしたのだった。

したがって、兵糧などといえるような満足な食糧は、初めから足りなかった。ところがここで、麦一俵が運ばれてきたのである。

「おい、麦だってよ。おれのうちには、一升だってねえぞ」

軍兵衛は、一瞬にして気持ちが緩んだのを感じた。米などはもともと考えもしない。麦でも一俵あるのとないのとでは、大きな違いだ。百七十名で食べればあっという間だろうが、他のものと交ぜれば、腹の足しになることは間違いない。

「私ら五人を、お仲間にお入れくださいまし。必ずやお役に立ちます」

楽太郎は、一同を見回して言った。

「おう。よく来たじゃねえか」

「そうだ。兵糧持参というのは、気に入ったぜ」

いつの間にか、全体の空気が変わっている。軍兵衛も庄吉も、今の言葉に頷いた。

それでも百姓代の与助が、楽太郎に問いかけた。話がうますぎると考えるからに違いない。商人が、麦一俵まで出して一揆の仲間に加わるわけがない。「義により」では納得がいきかねるということだ。

「なぜ利のないまねを、するのか」

すると楽太郎は、あっさり答えた。

「利はございますよ。この件の片がついたら、年貢米の他の米を扱わせてもらいます。それならば皆さんも困らず、私も商いを広げられます」

「なるほど」

腑に落ちない顔をしていた者たちも、これで納得したらしかった。

多七郎は認めたわけではない。しかし反対もしなかった。

百姓たちが、荷車を取り囲んだ。浪人者は畑中雷次郎《はたなからいじろう》と名乗った。歳は三十前後だ。

そして他の三人は常州《じようしゆう》無宿で、駒吉《こまきち》、才助《さいすけ》、八造《はちぞう》という名だと告げた。一番年嵩《としかさ》なのが駒吉で、三十をやや過ぎたあたり。才助は二十代後半で、八造は二十歳をやや過ぎたあたりに見えた。

麦俵は荷車から降ろされ、食料を入れておく納屋へ納められた。

七

高岡陣屋から代官所がある武射郡横田村は、馬を走らせれば一刻半（三時間）から二刻（四時間）もあれば行き着くことができる。

国家老の使者として、郷方廻りの須賀が横田村へ入った。東の空が、ようやく明るくなり始めたところである。

代官所の門前には、篝火を灯して二十人ばかりの百姓が、その場に控えていた。何かあれば、法螺貝を鳴らすはずだ。大国主神社に控えている百姓たちが、得物を手にしていっせいに押し寄せてくるに違いない。

須賀とは、ほとんどの者が顔見知りだが、一揆の知らせを受けて陣屋からやって来たと思うからか、居合わせた百姓たちは色めき立った。

ただ兵を連れてはいない。一人きりなので、一同は拍子抜けしたかに見えた。

「何をしに来た」

と竹槍を向けた者もいた。郷方廻りとはいっても、藩の者ならば敵だという考え方だ。馬の周りを、ぐるりと囲んだ。

「代官所への用事だ。道を空けろ」

須賀も一人きりだが、怯んではいない。

居合わせた与助が、駆け寄った。

「道を空けろ。おれたちは野盗ではない」

名主を含めた村方三役たちは信念を持って行動している。かっかとすることはあっても、百姓として訴願をしているのだという気持ちは持ち続けていた。

道が空けられた。門前で須賀が声を上げると、閉じられたままだった門扉が開かれた。

百姓たちは固唾を呑んでその様に目を向けていたが、門はすぐに閉じられた。


「まずは百姓どもを、説得しろという話だな」

須賀の話を聞いた大河原は、不満の色を隠さずに言った。

「いかにも。しかしそれは、甘やかすのではござらぬ。こちらが出した達しは、何があろうと厳密に守られなくてはなりませぬ」

「いかにも。少しでも譲れば、今後の仕置がしにくくなるからな」

と大河原は答えた。須賀とは、考えが重なる。

きりりと引き結んだ唇や鋭い眼差しには、大河原なりの決意がある。死を覚悟しているのではと感じた。その部分では、児島よりも腹が据わっている。

続けて須賀は、大国主神社へ足を踏み入れた。居合わせた百姓たちは、単身で現れたことには驚いたらしかった。

兵を連れていては、かえって危ない。訴状を受け入れることはできないが、刺激を与えるのは極力避けろと河島から言われていた。

一揆の頭取はおそらく多七郎あたりだろう。しかしはっきりは分からないから、村方三役を集めた。その周囲を百姓たちが幾重にも囲んでいる。

「無謀な挙に出たことは、ゆゆしき問題である。藩としても、重大なこととととらえておるぞ」

まずはそう告げた。たとえ一人でも、威厳を保つ態度は忘れない。しかし威張りに来たわけではなかった。

「その方らの申し出を、受け入れるわけにはいかぬ。大罪を犯して、事をなそうというのは、不埒の極みである。しかし藩も、その方らの苦しい暮らしぶりが分からぬわけではない」

ここで須賀は言葉を切った。心情を受け入れるふりをしたのである。一同を見回してから続けた。

「事がこれ以上大きくならぬうちに、旗を下げるがよい。一揆は大罪で、頭取になった者は死罪を免れぬ。他の者も、ただでは済むまい。追放刑になれば、二度とこの地は踏めぬ。女房子どもは、悲しむであろう。それは忍び難《がた》いことではないか」

口調は穏やかにした。

多七郎を始め、ほとんどの者は穏やかに話を聞いたが、それで心を打たれたといった仕草《しぐさ》を見せる者はいなかった。

「分かっております、須賀様。しかしそれで引くくらいならば、初めからこのようなまねは致しません。どうぞ藩の皆様に、その旨をお伝えください」

総右衛門の倅総太郎が、迷いのない口調で言った。

鉦や太鼓の音が鳴った。引き取れという合図だと、須賀は受け取った。

江戸の高岡藩上屋敷に、国許の陣屋からの早馬が着いたのは、門訴があった翌々日の朝だった。

正紀は佐名木の執務部屋にいた。井尻も同室していた。夜を徹して駆けてきた焦りと興奮が使者の面貌《めんぼう》にあり、胸を圧迫した。

もたらされた書状をさっそく読み、使者から事情を聞いた。聞き終えた正紀の胸の奥に、驚きよりも「やはり」という後悔の気持ちが湧き上がった。藩財政も瀕死の状態だが、百姓たちの暮らしが厳しいのも分かっていたつもりだからだ。

「訴えに現れた名主を捕えたのは、失策でしたな」

佐名木はすぐに断じた。

「しかしその話は、伝えられておらなかったぞ」

正紀は不満を口にした。伝えられていたら、こうなる前に対応を講じていたはずだった。何も手を打たぬまま、数日を過ごしたことになる。

「知らせを、怠《おこた》ったのではございませぬか」

井尻が怒りの言葉を漏らした。

「河島ならば、あり得ない。おおかた児島殿が、引き受けてそのままにしたのであろう。放って置けば、数日で騒ぎは治まると甘く見たのだ」

佐名木が切り捨てるように言った。

許されざることだが、ここまできては児島の不作為を責めている場合ではなかった。ひとまずそれはおいて、どう対処するかを考えなくてはならない。

すでに武射郡と山辺郡の五村の者たちは、徒党を組んで旗揚げをし、門訴までしてしまった。こうなると、明確に一揆としての行動がなされたことになる。もう、なかったことにはできなかった。

武力を以《もっ》て強引に鎮圧すれば、百姓たちは命懸けで歯向かってくるだろう。少なくない死傷者が出るのは明らかだ。また解決をした後でも、藩と百姓との間にはしこりが残る。

逆に甘い始末をすれば、何か事があるたびに強訴をすれば要求が通ると考える。他の村も、それを先例として筵旗を掲げるだろう。

藩の威信と政道は、守れない。

処理の仕方が、問題だった。それが藩のこれからの治世に関わってくる。

「情を前に出しての処分はできませぬ。しかし百姓の気持ちを踏まえなくては、この始末はできますまい」

佐名木の言葉は、もっともだと思われた。

「では、どうすればよいのか」

解決の妙案は浮かばない。正紀にとって、これまでにない危機だ。借金の返済とは質が違う。

心の臓を冷たい手で握りしめられたような気持ちだ。

「まずは、済ませておかなくてはならないことがありますぞ」

佐名木が言った。武射郡の領地は、将軍家の領地である天領と重なる。管轄する代官所から幕府の勘定奉行所へ伝えられるはずだが、その前に一報を入れておかなくてはならない。

隠しようのないことならば、素早い報告は欠かせない。本家の浜松藩や正紀の実家今尾藩竹腰家にも、報告の家臣を赴《おもむ》かせることにした。

また他の領地に、騒動があってはならない。各村の様子を、慎重に検めるように命じた。

第二章　名主の処遇

一

一揆への対応については、先延ばしできない。一日先へ延ばすたびに、事態は拗《こじ》れる。知らせを寄こさなかった児島の轍《てつ》を踏むわけにはいかない。

とはいっても、特効薬はない。

正紀はまず、江戸の上屋敷にいる家臣すべてを広間に集めた。武射郡横田村にある代官所で起こっている事態について、井尻が説明した。

驚きと怒り、興奮が集まった藩士たちの中に広がった。

「けしからぬ。我らも二割五分の借上を行う。百姓どもだけが勝手を申すなど許せぬ話だ」

「一気に力で攻め潰せばよい。恨みなど、百姓は一年もすれば忘れる」

　と口にする者もいれば、

「他の村には求めない貸米を、あの五村にだけ求めたのは、やはりやり過ぎだったのでござろう。それだけを撤回し、代わりに主だった者たちをすべて厳罰に処することで決着がつけられぬのか」

「一揆は大罪だ。何であれ、見せしめは出さねばなるまい」

　との意見もあった。

　様々な発言があったが、解決のための妙案は出なかった。最終的に決めるのは正紀と佐名木だ。

　会議が済んで、正紀はいったん奥にある京の部屋へ行った。一揆の詳細と藩士たちの反応を伝えた。

　藩に事が起きれば、京に必ず伝える。女だからと軽くは見ない。男にはない発想が、これまでの難問解決に役立った。

　高飛車な物言いをするが、的外れな意見はない。

　京は正紀の話を、一つ一つ頷きながら聞き終えた。そして最初に口にしたのがこれだった。

「藩と藩主は、領民にとって犯すことのできない掛け替えのないものでなくてはなりません」

分かっているさ、と思いながら聞く。反論はしない。

「ですが事が起こった以上、頑《かたく》なになるのは事を拗らせると存じます。互いが得心のゆくところをお探しなさいまし」

「百姓は、一年で恨みを忘れると申した者がいたぞ」

ここで少し、逆らってみた。

「心に受けた深い恨みや悲しみは、未来永劫《みらいようごう》忘れませぬ。この騒動で、親や子を亡くせば、なおさらです」

きっとした物言いになった。

この言葉は、正紀の胸に響いた。

京は、腹にできた子を流産している。その無念は大きく、子を失って命の大切さを、身をもって感じたらしかった。水子の位牌を仏壇に加えた。朝の読経の折の合掌《がっしょう》が長くなった。

子を失って、京は姫ではなくなったと正紀は感じている。

そういう京だからこそ、出てきた言葉だと察した。

「領民を守れない藩が、栄えることはございますまい」

「うむ」

　これは正紀も日々心に留めている。だからこそ、この度の一揆の発生と処置には心を痛めていた。

「藩士も領民も、ただの一人でさえ、命を失わせてはなりますまい」

　胸に留め置かなくてはならない言葉だと、正紀は思った。

　正紀は御座所へ、佐名木と井尻、それに江戸留守居《るすい》役の大谷昌五郎《おおたにしょうごろう》、勤番として江戸に出てきている徒士頭《かちがしら》の青山太平《あおやまたへい》も呼び寄せた。具体的な対応を決めなくてはならない。

　青山は、下り塩や淡口醤油の輸送の折には、命懸けの働きをした。領地の事情の分かる、信頼できる家臣の一人だった。大谷は在府の家臣で、各大名家や江戸城内で要職につく旗本たちと親交を持っている。

「一揆や打ち壊しは、各地に起こっております。この処置や主だった者の処分については、幕閣を始め各家では、関心を持って目を向けております」

　最初に大谷が口を開いた。一同は頷いている。そのまま続けた。

「甘い処分を行ったり、再発があったりすれば、政《まつりごと》を行う力がないと見なされまする。不始末があれば減封《げんぽう》の虞もあり、譲らぬ姿勢と厳しい首謀者への処分がなされなくてはならないと存じます。多少の死傷者が出るのは、致し方のないことではなかろうかと存じます」

先の広間では、感情に任せた強引な考えを述べる者が少なくなかった。しかし大谷は、気分に任せての発言はしていない。

公儀の意向や諸藩の一揆に対する考えを受けて、口にしているのだった。立場を踏まえた発言といっていい。

「厳罰を望んでいるわけだな」

意に添わない発言だが、だからといって跳ねのけてはならない。

「さようで」

大谷は正紀の顔を正視して頷いた。

「山辺郡の東金《とうがね》には、将軍家の鷹の御狩り場があったな」

これを口にしたのは、佐名木だ。正紀は耳にしたことはあるが、記憶の中からは消えていた。

「いかにも。その神聖な御狩り場の傍で、長く筵旗を放置するのは、畏れ多いことでございます」

そのためには手荒な真似をしても、早い解決が必要だと大谷は言いたいらしかった。

「なるほど、そうであったな」

井尻が、受け入れる発言をした。「将軍家の鷹の御狩り場の傍で」という考え方は、無視できない。高岡藩に難癖をつけたい者がいたら、ここを突いてくるだろう。

正紀の脳裏に、老中水野忠友や松平信明の顔が浮かんだ。

「ただ死傷者を出さずにすむならば、それに越したことはない」

大谷や井尻の言葉を受け入れながらも、佐名木がそう口にした。

「いかがでございましょう」

いくつかのやり取りをしたところで、井尻が一つの案を口にした。

「名主総右衛門の捕縛には、代官の浅慮もございました。放免してよろしいかと存じまする。百五十俵の貸米も、他村では行っておりませぬゆえ、取りやめにしても、他村からは苦情は出ませぬ。代わりに一揆の頭取を死罪とする。このあたりが、釣り合いの取れたところかと存じまする」

「ううむ。そうだな」

落としどころとしては妥当だと、正紀は感じた。それぞれの思案はあるだろうが、佐名木も青山も異論は唱えなかった。

ただ正紀には、死人を出してはならぬという思いがある。京の言葉が、耳に残っていた。

「それで話を進めましょう」

佐名木が言って、正紀は頷いた。頭取の処罰の内容についてはひとまず置いて、これで交渉をすることにした。

「それともう一つ、速やかにいたさねばならぬことがある。総右衛門は罪人ではない。一度代官所が行ったことであるから軽々に放免はできぬが、牢屋からは出さねばなるまい。適当な部屋に移し、食物も藩士と同じものを与えよ」

これは正紀の命令である。

「では使者には、河島に行かせましょう。副使には、そうですな……。青山、その方が参れ」

佐名木が言った。

この二人ならば、武家としての威厳は示しても、尊大な態度にはならない。矢や竹槍を向けられても、動じることはない。適役だと思われた。

高岡からは、まだ次の知らせは来ていなかった。事情が変わっていれば、対応も変えねばならないが、まずは青山に高岡へ馬を走らせることにした。

「五村の者たちは、打ち壊しといった真似は、せぬであろうな」

正紀は、気になったことを佐名木に告げた。二人だけになったときにである。

「それはございません。そもそも一揆と打ち壊しとは、まったく別のものでございますからな」

と応じられた。徒党を組んで事をなすから、一揆の者たちは、打ち壊しも行うのではないかと考えがちである。

「そもそも一揆は、百姓たちが己の暮らしを守ろうとするために、領主に請願することを目当てにした争いでござる。ゆえに百姓であることを明らかにするために、鎌や鍬《くわ》といった農具を得物にして蓑笠を身につけます」

「なるほど」

「しかし打ち壊しは、米価高騰のもととなる商人たちに対する破壊を伴う襲撃で、請願ではありませぬ。目当ては米を奪うことでございます。ですから得物は農具にこだわらず、何でも手に取りまする。蓑笠もつけませぬ。打ち壊しをなすのは、百姓とは限りませぬ」

「なるほど、打ち壊しは生きるために米を求め、一揆は暮らしを守るために請願をなすというわけだな」

「そうです。一揆は村を一括りにして命運を共にいたします。しかし打ち壊しの者たちは、烏合《うごう》の衆といってよい者たちでございます。百姓は、米問屋を襲うことはいたしませぬ。総右衛門は『野盗ではない』とこだわったと聞きましたが、その言葉の裏には百姓なりの矜持《きようじ》があるからだと存じまする」

「あい分かった。事情を踏まえぬ問いかけであった」

正紀は応じた。

児島に伝えるべき内容を記した書状ができると、正紀が署名をした。それを懐にして、青山は馬に跨った。

まずは高岡の陣屋へ行き、児島や河島に正紀の意向を伝える。その上で河島と横田村の代官所へ向かうのである。

早馬が出立した。正紀はそれを見送った。

自身が行きたいところだが、大名家の世子は勝手に江戸を出ることはできない。それがじれったかった。

二

夕暮れどきになって、思いがけない人物が正紀を訪ねて来た。兄の睦群である。今尾藩主というだけでなく、尾張徳川家の付家老《づけがろう》としての役目もこなしていた。多忙な身の上だから、訪問は極めて珍しいといってよかった。

一揆の話を耳にして、足を運んできたのは間違いない。また伝えたいこともあるらしかった。

客間に招き入れ、兄弟だけで向かい合った。正紀は、騒動にまつわる詳細を始まりから、青山の早馬を送り出したところまで伝えた。

聞き終えた睦群は、正紀がした処置については、すぐには触れなかった。代わりに気の重くなる話を聞かされた。

「常陸府中藩でも、一揆が起こったと聞くぞ」

「さようで」

前に桜井屋長兵衛が可能性を示唆《しさ》していたから、驚きはしない。とうとう起きたかという、無念の気持ちだった。

「行方郡内で、五百人規模のものだ。強訴があり、村ぐるみの逃散もあったとか。高岡藩のものよりも、大きいぞ」

睦群はため息をついた。水戸徳川家連枝の家だが、叔母の品が正室として嫁いでいて、正紀は当主の頼前とは親しい間柄だった。

他人事《ひとごと》とは受け取っていられない。

ましてや高岡藩でも、規模は違っても同じことが起こった。穏やかならざる気持を持って、睦群は訪ねて来たらしかった。

「頼前様は、どのような対応をなさるわけで」

「そこまでは、まだ聞いてはおらぬ。しかし藩としては、腰を据えてかからねばなるまい」

一軒から一人として、五百軒の百姓が結集した。村の大小はあるにしても、およそ十五村前後の規模となるはずだ。一概にはいえないが、米の出来高は六千石程度と予想ができる。二万石の府中藩にしてみれば、年貢米のほぼ三割を担《にな》う村の反乱ということになる。

強訴だけでなく、逃散もあるとなれば事態は深刻だ。府中藩は、高岡藩以上の混乱にあるといっていい。

「一揆は、起こさせぬに越したことはない。しかし起きてしまった以上は仕方がない。厳しく取り締まれ。命を失う者が出ても、それを見せしめとして押さえつけなくてはならぬ。それだけの覚悟を持ってかからねばならぬ、ということだ」

「はあ」

「中途半端な情けは、かえって仇《あだ》となるぞ」

「しかしできれば、命を失う者を出さずに、事を治めたいと考えております」

正紀は自分の決意を、あえて口にした。

「腑抜けたようなことを申すな。それでは治まるものも治まらぬ。老中を始めとする狸どもは、事の成り行きに注視している。わずかでも手抜かりがあれば、そこを突いてくるぞ。所領の統治ができぬ者としてな」

これは、前にも考えた。そうならないために、最善の手を打とうとしているのである。

「よいか、府中藩は二万石だ。少々減封されても、一万石を割ることはない。しかしな、高岡藩は違うぞ」

「…………」

兄の言いたいことの主旨は分かった。返答ができなかった。

「高岡藩は、小さな村一つを取り上げられただけで、大名ではなくなる。一揆の始末をしくじっての減封となったならば、尾張徳川家を動かしてもどうにもならぬ」

「ま、まさしく」

「加えて山辺郡の東金には将軍家の鷹の御狩り場がある。老中の水野はそこに絡めて、高岡藩の不始末をけしからぬと申したそうな」

一揆を起こさせたことを、藩の不始末として責めたのである。

兄は老中である水野を呼び捨てにしている。兄弟だけの会話だからだが、水野を快く思っていない。

鷹の御狩り場ということで幕閣が神経を尖らせるのは分かるが、水野がことさらに話題にするのは、他に含むところがあるからだと言い足した。

「田沼様の関わりですね」

水野は田沼意次派の老中として、公儀の政に関わってきた。しかし田沼の失脚で、足元がぐらついている。田沼失脚の裏には、尾張徳川家や水戸徳川家の後押しがあったとされているから、それぞれ両家にゆかりのある府中藩や高岡藩には、よい印象を持っていないだろうと佐名木は口にしていた。

水野とは、先日浜松藩の上屋敷で出会った。物言いにどこか冷ややかなものを感じたのは、紛《まぎ》れもなかった。

「そうだ。田沼の失脚は、今さらどうにもならぬがな。せめてもの意趣返しを、府中藩と高岡藩にしてゆくかもしれぬ」

それを案じて、兄はやって来たのだ。ありがたかった。

「ここは心を鬼にして事に当たれ。それがお前のためであり、ひいては高岡藩のためになる」

「はあ」

間違っているとは思わなかった。

「よいか。落ち目にあるとはいえ、水野はまだ老中だ。その力を侮《あなど》ってはならぬ。これに松平信明あたりが絡めば、厄介なことになる」

それだけ告げると、兄睦群は引き上げて行った。


翌日正紀は、府中藩上屋敷の頼前に面会を求めた。一揆の始末に追われるさなかのことである。断られて当然だと思っていたが、訪ねてよいという返答を得た。

さっそく指定された刻限に、屋敷へ足を運んだ。叔母の品を訪ねたことはあるが、頼前を単身で訪ねるのは初めてだ。

半刻（一時間）たっぷり待たされてから、ようやく頼前が姿を現した。鼻筋の通った色白で、常ならば怜悧《れいり》さが伝わってくる面貌だが、今日は膚に赤みがあって、目尻に窶《やつ》れが浮かんでいた。

前に会ったときは四十五歳という年齢よりも五つは若く見えたが、今は五つ老けて見えた。

「ご多忙、ご心労のところ、畏れ入りまする」

「いやいや。そなたも始末に追われているところであろう」

頼前には伝えていなかったが、高岡藩に一揆が起こっていることを知っていた。昨日今日で、一揆発生の報は各大名家や旗本家へ瞬《また》く間に伝わっているのだと察した。

「一揆への対処は、火急を要しまする。どのような処置を講ずべきか、お考えを賜《たまわ》りたく、まかりこしました」

多忙なのは分かっているから、手短に一揆の状況と用向きを伝えた。

「それで、そなたはどう考えるのか」

逆に頼前の方が、尋ねてきた。近い姻戚関係にあるというだけでなく、高岡藩の対応についても訊くつもりで、面会に応じたのかもしれなかった。

「藩士からも領民からも、死傷者を出さずに始末をつけたく存じておりますが、それでは早期の決着がつかないとか、甘い仕置になるのではないかという考えがございます」

「うむ。そうであろうな。当家には、水戸の縁者からいろいろと始末について指図が参る」

苦々しい表情だった。苦悩が滲んでいる。

府中藩は水戸徳川家の連枝で、頼前は養子ではない。母は紀州《きしゅう》徳川家の先々代藩主宗直《むねなお》の娘で、正室は尾張徳川家から品を娶《めと》っている。正紀以上の血筋といってよかった。

平時は気品ある殿様然とした人物だが、変事の折には、慣れぬ対応に苦慮するのかもしれなかった。

また今の話からして、一揆に対する仕置について、水戸家に関わる者からあれこれ言われている様子だった。

ここで頼前は、前かがみになっていた姿勢を正した。決意を告げるように、口を開いた。

「筵旗を立て、鎌や鍬を手に藩家に歯向かうなど言語道断。厳しく対応をいたすつもりである」

頼前にしても、領民がどうあってもいいと考えているのではない。それはこれまで会った折々の物言いの中から感じられる。

しかし今は、異変のさなかといえた。

「断固たる厳しい処置をすることで、藩を守らなくてはならぬ。それができなければ、領民の安寧《あんねい》はあり得ぬ」

これが頼前の考えだった。

「そうだろうか」

と正紀は思案する。

「領民を守れない藩が、栄えることはございますまい」

とした京の言葉と、似ているようで明らかに違う。頼前の言葉は、まず何よりも藩が先にくる。領民が先にくる京の言葉とは反するものだ。

「ご教示賜り、ありがたく存じます」

長居はできない。正紀はそれで引き上げた。

三

代官所前に再び集まった百姓たちは、閉じられたままになっている門扉に向かって、鳴り物をならし声を上げる。門前に立てた竹に挟まれた訴状は代官所内に持ち込まれていたが、返答はないままだ。

百姓たちは苛立っている。

「早くしろ。このままじゃあ、年貢米は納めねえぞ」

怒鳴った者がいた。そうなったら、代官所も困るだろという含みだ。早く解決させたいと考えているのは、間違いない。ただこれは、百姓たちにしても同じだった。

稲の刈り取りが済んだからといって、ぼんやり過ごしているわけではない。翌年の作業に備えて藁で縄をない、筵や草鞋《わらじ》などを拵える。また近隣の町へ奉公に出たり川浚《かわざら》いの人足《にんそく》などをしたりして手間賃を得なくてはならなかった。村役人の許可を得て、江戸へ出稼ぎに出る者もあった。

農閑余業で得る銭は、一家の暮らしを支えるためには欠かせないものである。

「さっさとやれ。稼ぎに行かなくちゃあならねえんだ」

「おうよ。おれは境川《さかいがわ》の九十九里に近いあたりで石垣を直す仕事をすることになっているんだ。安くこき使われるんだけどよ、それだって手間賃がもらえるならば、しねえよりはいい」

軍兵衛の言葉に、忠吉が応じた。

百五十俵の貸米の達しさえなければ、村の者たちはそれぞれ農閑期をどう過ごすか、それなりに目論見《もくろみ》を立てていた。しかしこの騒動にけりがつかなければ、軍兵衛や忠吉だけでなく、すべての百姓たちも身動きができない。

一人一人の百姓たちの背後には、帰りを待つ親や女房、子どもがいる。

だから百姓たちは、郷方廻りの須賀が現れたときには、胸の内では期待をしていた。兵を引き連れて現れたとしても、不思議ではない。場合によっては、武力で押し潰されることも視野に入れていた。

しかしそれはなかった。ほっと胸を撫で下したのが本音だ。

須賀は村を回る中で、作柄の不出来とこちらの苦境を目の当たりにしている。頼れる人物だと望みを託していた。

「でもよ。須賀のやつは、当てにならなかったな」

「力になってくれると思ったのにな」

冷ややかな口ぶりに落胆したのは、この二人だけではなかった。裏切られたという気持ちは、新たな怒りにもなっている。

「あいつは、袖の下に弱いっていうぜ。だから他の村からは、何かもらったんじゃねえかって」

二人のやり取りを聞いていた、福俵村の百姓が割り込んできた。話を聞いた軍兵衛と忠吉は顔を見合わせた。

「武射郡と山辺郡の五村からは、何もやっていねえぞ」

「それでここにだけ、貸米を出させるように進言したのか」

「噂だからな、確かめたわけじゃねえ。でもよ、あいつ名主や金のありそうな相手には、おれたちとは違う物言いをするじゃねえか」

「そういやあ、そうだな」

根も葉もない噂だとしても、腹を立てているときは真実に聞こえてくる。

「門を開けろ」

「代官、出てこい」

鳴り物は交代で鳴らす。掛け声も、代わる代わる上げる。脅しの意味もあるから、絶え間なく音を立てている。

その中でも、相馬屋楽太郎と名乗った江戸の商人が連れて来た駒吉や才助、八造は、威勢が良かった。先頭に立って、代官所に罵声《ばせい》を浴びせる。

そして井戸から汲んだ水を、桶で運んできたりもした。叫んでいれば喉も渇くので、重宝がられた。

「おれは、奥州《おうしゅう》でも一揆に関わったことがあるぜ」

駒吉と八造は言った。そのときの模様を、村の者たちに話している。威勢がいいだけでなく、「在所に残してきたかあちゃんが恋しい」と、笑わせるようなこともときには口にする。麦俵の件もあるから、いつの間にか百姓たちに馴染んでいた。

浪人者の畑中は、大国主神社の境内で若い百姓を集めて、竹槍の持ち方や使い方の指導を始めている。

「肘を張るな。腰を引け」

と叱咤《しった》の声が境内に響く。いきなりの上達はないにしても、へっぴり腰が、徐々に直ってゆく。それはど素人《しろうと》が見ていてもすぐに分かった。

「先生」

と呼ぶ者も、現れていた。

楽太郎は、半日姿を見ないこともあるが、気さくに村の者に話しかけをする。多七郎や与助といった村方三役にも、見聞きしてきた一揆や打ち壊しの話をしていた。

大国主神社の本殿の裏手には、雑木林がある。ここには小さな納屋があって、その出入り口近くには、仮設の竈も拵えられていた。

納屋には、百姓たちが持ち込んだ食糧が納められている。そして刻限になると、外の竈で、百姓が交代で雑炊を拵えた。

「食糧は、命の綱だからな。厳重に見張らなくてはならぬ。奪おうという不心得者が、外から現れるかもしれないからな」

ということで、炊事をしていないときでも、違う村の者二人で番をすることになっていた。

軍兵衛は、夜の炊き出しが済んでから、蛇島新田村の百姓と納屋の番をしていた。代官所の方から、鳴り物の音が聞こえてくる。しかし大国主神社の境内は、静かだった。

交代で、寝る者もいる。

今日も一日、代官所は何の反応も示さなかった。陣屋からの使者も来なかった。これからどうなることかと、一人になると不安がよぎった。

社殿を背にした雑木林の向こうには、一面に刈り取られた田が広がっている。その間々に農家が点在しているはずだが、明かりを灯している家など一つもなかった。ただ闇が広がって、月明りだけが田を照らしている。

「女房や子どもたちは、ちゃんと飯を食っているだろうか」

胸の内で、軍兵衛は呟いた。雑穀や芋のたぐいはまだ残っているはずだが、充分とはいえない。百五十俵の貸米の分担は、一軒にすれば一俵にも満たないが、それでも軍兵衛にとっては、田圃か娘を売らなくては出せない負担だった。

米を作りながら、収穫を終えたばかりでも、家の者は一粒の米も口にしていない。十二歳の梅は、母親代わりに幼い四人の弟や妹の面倒を見ている。いざとなれば田圃を売るわけにはいかないから、梅を外へ出すことになる。

娘が不憫《ふびん》でならない軍兵衛なのだ。それを思うと、代官所で済まないならば、高岡の陣屋へだって行ってやる、という気持ちになった。

夜が更けてゆく。

一緒に見張りをしている蛇島新田村の百姓が、横で大あくびをした。もう五十歳を過ぎた、胡麻塩《ごましお》頭の痩せた男である。昼夜の区別なく気勢を上げ、緊張を強いられているから、疲れも出てきている。眠くもなるだろうと思われた。

「少しばかり、寝たらいいじゃねえか。おれはここにいて見張っているから、かまわねえぜ」

　と言ってやった。

「そうかい。済まねえな」

　初老の百姓は、小屋の壁際に座って背中を持たせかけた。するとすぐに寝息を立て始めた。よほど眠かったらしい。

　一人になった軍兵衛は、所在なくなって納屋に入った。魚油《ぎょゆ》の明かりが、建物の中を照らしている。明かりを灯しておくのは、盗難を防ぐ意味もある。

　百七十人分の食糧だから、なかなかの量だ。ただその中で目立つのは、麦俵だった。麦は稗や粟のような雑穀ではない。

　軍兵衛は我知らず、俵に近づいた。中を覗くと、まだたっぷり入っている。二割くらいしか減っていなかった。大事に食べているのである。

　そっと手を伸ばした。麦に手を触れた。盗む気などは、毛頭なかった。ただ梅や家の者に食べさせてやりたいとは思った。

「持っていったら、驚くだろうな」

　頭に浮かんだのはこれだ。けれどもすぐに我に返って、俵の中身から手を離した。

そのとき、背後に人の気配があるのに気がついた。どきりとして振り返ると、出入り口の所に楽太郎が立っていた。

「軍兵衛さんだね。あんた、子どもは何人いるのかね」

穏やかな口調で尋ねてきた。盗みを疑われても仕方のない状況だったが、その気配はまるでなかった。

「ご、五人だ」

「歳は、おいくつで」

「一番上は、十二だ」

「家には、充分な食べ物がありますか」

近くまで寄って来て言った。笑顔ではないが、案じる顔になっているのは分かった。

「そんなことは、あんたには関わりがねえ」

精いっぱい虚勢を張って、軍兵衛は答えた。麦に手を触れていたところを見られたと思うから、後ろめたさをそれで隠したのである。

「どうです。一升ばかり、持っていっちゃあ」

楽太郎は麦俵を指さした。

「な、何だって」

胸が張り裂けそうなほど驚いた。そんな言葉を聞くとは思っていなかった。

「いいじゃないですか。それくらいならば、誰にも気づかれはしませんよ。それに誰も見ちゃあいませんからね」

楽太郎はあたりを見回して言った。

「と、とんでもねえ話だ」

それは一揆の者たちへの、重大な裏切りだ。麦一升という問題ではない。簀巻《すま》きにされて、九十九里の沖合に投げ捨てられても文句は言えない。

車連判状を作り、一味神水をして一揆に加わったのである。たとえ誰にも気づかれないにしても、そんな真似はできないと思った。

ただこの場から立ち去ることもできなかった。楽太郎の表情や口ぶりから、好意で言っていると感じるからだ。

楽太郎は懐から、布の小袋を取り出した。何も言わず俵に手を突っ込んで、袋の中に麦を入れた。袋には、ちょうど一升くらいが入ったはずだった。

「さあ、持っておいきなさい。あなたは、黙って置いてくるだけでいいんですよ。私はここにいますから。誰かが来たら、うまくごまかします」

軍兵衛の家は、同じ沖渡村にある。走れば行って帰って来るのに四半刻もあれば充分だった。

「そんなこと言ったって」

軍兵衛の頭の中で、村の者や女房子どもの顔が絡み合っている。混乱するばかりだったが、麦の袋を返すことはできなかった。

「さあ」

腕を引かれて、小屋から外に出た。背中を押されて決心がついた。気がついたときには、闇のあぜ道に走り出ていた。

「くそっ」

自分を罵《ののし》った。涙があふれ出てくる。それでも軍兵衛は、麦袋を胸に抱えて走り続けた。

四

青山は、馬を駆って高岡村へ入った。休憩は、馬のために取っただけだった。

陣屋の門前に着くと、黙っていても門扉が開かれた。陣屋でも、江戸からの早馬の到着を待っていたらしかった。

玄関先で馬から飛び降りると、示し合わせたように児島と河島が現れた。

「ご苦労でござった」

足を濯《すす》ぐと、すぐに国家老の執務部屋へ通された。

「若殿も佐名木様も、案じておいでござる」

一言告げてから、青山は正紀からの書状を児島に手渡した。児島は食い入るように文字を目で追った。読み終えると、河島に渡した。

「正紀様のお達し、しかと承《うけたまわ》り申した」

と児島は言った。書状を手に取って、頭を下げた。指図を受けて、ほっとした気配さえうかがえた。上からの指図に、従えばよい立場になったからだ。

ただ書状には、総右衛門を入牢させたことについて、知らせがなかったことを咎《とが》める文言も入っているはずだった。

「若殿様は、お怒りであったか」

この点については、気になるらしかった。

「追って沙汰するとのことでございました」

それで児島は、肩を落とした。

青山は河島から、使者として郷方廻りの須賀が出向いたが、説得には応じられなかったという話を伝えられた。

「須賀は、罪の重さを伝えて脅したらしいが、効き目はなかったようだ」

河島は苦々しい顔で言った。

「代官の大河原殿は、一歩も引かぬという姿勢を一揆の者たちに示したそうでござるが」

気にかかっていたことを、青山は口にした。親しくはないが、極めつけの頑固者だと聞いている。

「藩家の命を百姓が覆すなど、とんでもないと考えている。したがって、総右衛門を入牢させたことは、まずかったとは考えておらぬであろう」

と返答があった。発端はここにあると、河島は感じているようだ。

大河原は、児島のような事なかれ主義の日和見《ひよりみ》ではない。この件については、決着の仕方によっては、腹を切る覚悟もあるのではないかと言い足した。

「飛び地の村を束ねてきた。藩の収税の一部を担ってきたという自負があるのであろう。己がしていることは、藩にとって正義だと考えている。だからこそ一揆を前にして、微塵《みじん》も怯む様子はないらしい」

「さながら古武士でございますな」

「いかにも。死を覚悟した者は強い」

「しかし正紀様の命には、従がわねばなりますまい」

「もちろんだ。あの者もそれは分かっているであろう」

「須賀は、どう考えているのでしょうか」

青山は気になって問いかけた。郷方廻りの須賀は、徒士頭の青山よりも藩内の序列は低い。役目が違うので、深い親交があるわけではなかった。

五村に百五十俵の貸米を課すことに、大河原も須賀も賛意を示していた。藩財政の逼迫を踏まえてのものだが、他の誰よりも百姓との関係が近いこの二人が反対をすれば、貸米の達しは出されていなかったはずだ。

「あの者は村々を回っている。それぞれの事情は分かるはずだが、藩の意向には従わせなくてはならぬと考えている。それぐらいのしぶとさがなければ、郷方は務まらぬということであろう」

一人で筵旗を立てた者たちの中へ入っていった胆力は、認めなくてはならないと思った。

事は急を要する。腰を落ち着ける間もなく、河島と青山は代官所へ向かうことになった。

江戸から乗ってきた馬は疲れて使えないので、青山は新たな馬に跨《また》がった。馬腹を蹴ると、二頭の馬は駆け出した。

代官所の近くまで行くと、鳴り物の響く音が聞こえた。尋常ではない乱れた音と喚声で、ただ事ではない事態を青山は実感した。

「おお、現れたぞ」

馬蹄音が響いていたから、代官所の者はもちろん、一揆の者たちも到着には気付いていた様子だ。鳴り物の音が止まっている。

門前へ行く手前で、蓑笠をつけた集団と遭遇した。村の名を記した旗が立ててあり、手に手に鍬や鎌、鋤などを手にした男たちが身構えているのが目に入った。

しかし百姓たちは、代官所の長屋門を含めて施設を壊すような真似はしていなかった。

「我らは、代官所に所用があってまいった」

と告げると、誰が命じたわけでもなく道を空けた。竹槍などの得物を向けた者はいたが、所内に入る邪魔《じゃま》をした者はいなかった。

統率がとれていて、烏合《うごう》の衆には見えなかった。

河島と青山は、大河原や須賀の上座に腰を下ろして、正紀からの命令を伝えた。二人はやや強張った表情を変えることなく、話を聞き終えた。

「畏れ入りましてございます」

大河原は、かしこまった姿勢を崩さずにそう言って頭を下げた。須賀もそれに従っている。

ただ得心したという表情でないのは、見ていて分かった。大河原が続けた。

「一揆の者たちは、総右衛門を返し百五十俵の貸米をなしとしても、引き上げることはありませぬ。頭取を誰と決めていない様子で、主だった者の処罰を避けようとしているものと受け取れます」

須賀が一人で大国主神社へ入ったとき、多七郎だけでなく村方三役がそれぞれ話をした。それは頭取を明らかにしないための手立てであろうと、須賀が横から言い添えた。

「一揆を起こさせて、頭取を罰しないなどということはあり得ませぬ。それは百姓どもも分かっているはずで、とことんやる所存に違いありませぬ」

大河原は、説得できるならばしてみろといった態度にも感じた。

「何があっても引かぬとなった折には、制圧のための兵を寄こしていただきまする」

動じない眼差しで言った。

須賀は感情を面に出さない。不服の気配もうかがわせなかった。

「即刻、総右衛門を牢から出すようにいたせ」

これは正紀の命だから、聞かないわけにはいかない。

牢屋から出した総右衛門には代官所内に一室を与え、見張りの者をつけた。己は罪人ではないと初めから主張していたが、堂々とした態度だったそうな。

軟禁状態となったのである。

ただ牢を出るにあたって、問いかけを一つした。

「どなた様のお指図で」

「江戸のご世子様である」

藩士はそう答えたと、青山は後で聞いた。

河島と青山の二人で、五村の名主を含めた村方三役と会う。その段取りをつけることにした。

五

河島と青山の二人が代官所内に入った後で、百姓たちは再び鳴り物を鳴らして気勢を上げた。

各村の名主たちは、河島の顔を知っていた。重臣の役替えがあった折に、陣屋まで挨拶のために出向いている。

「今度も、武装の兵ではなかったぞ。あの方は、藩のご中老だ」

「おお、いよいよ本腰を入れてきたな」

一揆を起こしたことに対して、藩が武力ではなく、話で対応しようとしていることを実感したのである。重臣が村に顔を出すなど、めったにない。

「よし。これでようやく、片がつくぞ」

庄吉が声を上げた。そうあってほしいと、軍兵衛も願った。

百姓たちは気勢を上げているが、それぞれの胸の内で願っているのは、事態の早期収拾だ。藩の中老の登場で、事態は進展すると考えたのだ。

「名主様ら五名が、代官所内に入って、中老の河島様と面談をすることになったぞ」

軍兵衛や庄吉は、与助から知らされた。

「うまくいくんでしょうか」

実門村の百姓が問いかけた。要求を譲るつもりはない。総右衛門が返されて終わりならば、何のために立ち上がったか分からないことになる。

ただ藩も、容易く申し出を受け入れるとは思えない。五分五分ではないかと軍兵衛は考えていた。

「話し合ってみなくては分からない。向こうがどこまで譲って来るかだな」

与助は応じた。

「うまくいかなかったら、武装した藩士の一団が押し寄せて来るんじゃあねえだろうか」

弱気な発言をした者もいた。

「怖れるにはあたらねえ。大事な米の作り手を、藩はそうやすやすとは殺せねえ」

そう口にしたのは、途中から入った無宿者の駒吉だった。力強い口調だった。言われてみれば、もっともな話に聞こえる。

「そうだ。怖れるにゃあ足りねえぞ」

「こちらから襲うくれえが、ちょうどいいんだ」

と気勢を上げたのは、駒吉の仲間で無宿者の才助と八造だった。楽太郎や畑中、そして三人の無宿者は、総じて威勢がいい。一揆の衆を煽《あお》るような発言をした。もう彼らを仲間として受け入れているから、発言に疑問を持つ者はいなかった。

ときには弱気な発言も出るが、百姓たちも、もう引けないのは分かっている。

「おうそうだな」

駒吉らの言葉を受け入れた。

軍兵衛は、それらのやりとりをやや引いた気持ちで聞いている。

一昨夜、軍兵衛は麦一升を納屋から奪って、村の家へ届けた。女房のすえを呼び出して、手渡したのである。

「どうしたんだよ、こんなに」

すえは驚きを隠さなかった。

「いいってことさ。でも誰にも言うんじゃねえぞ」

と押し付けて、戻って来た。すえは案じる顔だったが、一升の麦があれば、どれだけ助かるかということは分かっている。胸苦しさを押し込んで、駆け戻って来た。

小屋には楽太郎が待っていた。

「何事もなかった。誰も気がついちゃあいないよ」

恩着せがましい言葉は一つも口にしないで、拝殿の方へ歩いて行った。

それがあるから軍兵衛は、楽太郎が誰かに話してしまうのではないかと、おどおどした目で見るようになったのである。

だから楽太郎や無宿者らが何か言うと、同調する発言をするようになった。卑屈になっていた。

自分でも分かっていたが、どうすることもできなかった。

青山は代官所に着いたときから、長屋門の曰《いわ》く窓の隙間から一揆の様子に目をやっていた。百姓たちの動きと、その役割などを確かめたのである。

誰が誰なのか分からないので、名の分かる代官所の下役を傍に置いて、気になった者の名を尋ねた。

「あれが、多七郎です」

「頭取と目している、沖渡村の名主だな」

顔をしっかり頭に叩き込んだ。一刻（二時間）ほどで、名主を含めた五村の村方三役の顔は、識別できるようになった。

さらに見ていると、中年の旅の商人とおぼしい男と浪人者、それに蓑笠をつけていない三人の無宿者らしい男が、幅を利かせているのに気がついた。

注視していると、周囲を煽るような掛け声を上げている。

「あれは何者か。村の者ではないな」

「違います。途中から加わりました。すっかり馴染んでいます」

馴染むというよりも、焚《た》きつけているように感じた。

「何者か」

「分かりません。日頃、村に出入りする者ではありません」

「何か、企《たくら》みがありそうだな」

下手をすれば命に関わる騒動に、何の狙いもなく足を突っ込む者などいない。だから気になった。

念のため、郷方廻りの須賀も呼んだ。曰く窓から外を覗かせた。

初めはなぜそのようなことをするのかという表情を見せたが、指さす先に目を凝《こ》らした。

「あの者を、知っているか」

五人の顔を見させた。

「はて」

須賀は一瞬驚きの顔をしたが、すぐに顔を横に振った。

「見かけない者たちですな」

商人ふうだけでなく、浪人者や無宿者たちについても、見覚えはないと口にした。

それで、ますます不審が募《つの》った。

得体の知れない五人の正体を知りたいところだが、代官所内にいては知るすべがなかった。

河島は、多七郎他の名主三名と総右衛門の倅総太郎を、代官所へ入れた。もちろん何があろうと、身の安全は保障すると告げてある。

とはいえ、何かあったら一揆の百七十名が黙っていない。代官所など、瞬《また》く間に潰されてしまう。

まず河島は多七郎らを、総右衛門を軟禁している代官所内の離れ家の前を通らせた。開いていた障子の中にいる総右衛門の姿を見せたのである。障子戸はすぐに閉じられたが、牢屋に押し込めてはいないことを確認させたのだ。

その上で河島と大河原が、名主らと向かい合って話をした。名主らは、畳の敷かれていない板間だ。

名主らが代官所の敷地内に入ったときから、一揆の鳴り物は止んでいる。

「我らの訴状は、お読みくださいましたでしょうか」

まず総太郎が口火を切った。相手が藩の中老でも、怯んではいない。しかし礼儀をわきまえていないというのではなく、挨拶も口調も丁寧だった。

河島が頷くと、総太郎は言葉を続けた。

「総右衛門は罪人ではありませぬゆえ、たとえ牢屋にいるのではなくとも、お返しいただきたく存じます。その上で、百五十俵の貸米および五公五民のお取り消しをお願いいたします」

主張は、これまでと全く変わらない。総太郎の言葉が終わると、福俵村の名主宇左衛門が口を開いた。白髪頭の五十五歳で、一見穏やかそうに見えるが、眼差しには強い意志がこもっていた。

「河島様に、たってのお願いでございます。こたびの旗揚げについて、一人の処罰も出さずに始末をいただければと存じます」

「一人もだと」

これが一番難しいと思いながら、河島は問い返した。

「さようでございます。それをかなえていただけますならば、我ら五村は、五公五民を受け入れさせていただきます」

「ううむ」

河島は、呻《うめ》き声を漏らしそうになった。五公五民に関する要求は、他の村のこともあるので、どうあっても受け入れることはできない。それを織り込んでの発言だ。

藩の側では、総右衛門を返すことや貸米については、譲ってもいいという話になっている。正紀も承知をしていることだ。

しかし処罰者をただ一人も出さないとなると、事情が変わる。甘い仕置として、藩内だけでなく、幕閣や大名旗本家からも非難の目を向けられる。特に沖渡村を含む武射郡の三村は、天領の年貢米も納めている。

合わせて六十五石でしかないが、問題は量の多寡ではない。百姓たちは、将軍家にも逆らったことになる。甘い仕置をすれば、老中の水野忠友や松平信明らは、そこを責め立ててくるはずだった。

また他の村の者たちも、今後の藩の仕置を甘く見るだろう。受け入れれば、悪しき前例となる。万が一にも一揆が再び起きれば、統治の力不足を挙げられて減封となるのは間違いない。

これだけは、何があっても受け入れられない要求だった。

宇左衛門の言葉を、総太郎も他の名主も驚きを示すことなく聞いている。これは独断ではなく、話し合った上での要求だと察した。

「それは、無理だぞ」

河島は自分の額に皺が寄ったのが分かった。向こうも絶対の条件として出してくるならば、もう交渉にはならない。

「貸米については、白紙に戻してもよいのだがな」

手の内を見せてみた。これは一揆の重要な要求のひとつだろう。

「ありがとう存じます。しかし死罪や追放の者があっては、我らは受け入れられません。無理を承知でのお願いでございます」

宇左衛門が頭を下げると、他の者もそれに従った。

「いや、かなわぬ話である」

期待をさせるようなことは、口にしない。呑める条件は伝えたわけだから、引きとらせて、話し合いをさせるしかないと河島は判断した。

「残念でございますな」

会談は決裂した。五人の者たちは、引き上げて行った。

代官所の敷地から外に出ると、門扉は内側から閉じられた。話の内容が百姓たちに伝わったらしく、ここで鳴り物の音や喚声が上がった。

「陣屋だ。陣屋へ行けっ」

という叫び声が聞こえた。「おう」という声も上がっているが、だからといって安易に妥協はできない。さらなる反応を見るしかなかった。

六

青山は河島と名主らの会談の間、代官所の下役と裏口から外へ出て、沖渡村内にある日蓮《にちれん》宗の妙國寺《みようこくじ》という寺へ行った。ここの住職は、一揆の衆が本拠地にしている大国主神社の神官と親しい間柄だと聞いた。

そこで住職を通して、神官から一揆内の状況を聞き出そうという腹積もりだった。住職も神官も、一揆については心を痛めているのは間違いない。百姓たちは檀家であり、氏子の者たちだ。

「解決のためでしたら、お役に立ちたく存じます。ただ中身によっては、伝えることができぬやもしれませぬ」

「それはもちろんであろう」

住職が檀家を庇《かば》うのは当然だ。

「我らとて、事を大きくしたいわけではない。百姓に怪我をさせたいわけでもない。井上家の世子様も、できるだけ事を穏便に済ませたいと考えておられる」

ただ代官所門前の様子を見ていると、村人ではない不審な者が交ざっていること、それが何者なのか、どのような役割を果たしているのか、それだけを知らせてほしいと青山は告げた。

「門前で、一揆の者たちを煽るような様子がうかがえたのでな」

「かしこまりました。知っていれば、答えてくれるでしょう」

住職は青山の申し入れを受け入れ、すぐに寺から出て行った。

四半刻ほどで、住職は戻って来た。

大国主神社の神官は、やはり一揆の内情には詳しかったらしい。場所を提供しているくらいだから当然だ。ただこちらの問いかけは、一揆の集団にとっては重要事項とはいえない。神官は、分かっていることのすべてを伝えてくれたとか。

「あの商人は江戸の者で、日本橋久松町の米問屋相馬屋の番頭で楽太郎と名乗っているそうです。浪人者は畑中某で、三人の男たちは流れ着いた無宿者たちだそうでございます」

「なるほど、そのようなところであろうな。で、一揆の集団に加わったわけは、分かっているのか」

「義によって、と申したそうにございます」

「そうか」

ますます胡散臭く感じた。

「初めは、麦一俵を手土産にして境内へやって来たそうです。気さくな者たちらしく、それで百姓たちも気心を許したようでございます」

飢饉凶作の折に、麦とはいえ一俵は貴重だ。それを持ち込んで中に入り込んできたとなると、やはり企みがあると思わざるを得なかった。

「いかがわしいやつと、疑った者はいなかったのか」

怒りの矛先《ほこさき》が他所に向いていて、都合よく兵糧を運んできた者がいても、それを怪しむ者が、一人や二人いただろう。

「不審に思って、なぜ仲間に入るのかと問いかけた者がいたそうです。一揆の決着がついたら、米を仕入れさせてほしいと応じたそうですが」

「それにしても」

やはり腑に落ちない。浪人者や三名の無宿者は、なぜここにいるのか。

妙國寺の住職に聞いてもらった内容は、たいへん参考になった。疑問が大きくなっている。そこで青山は、江戸へ問い合わせをすることにした。

代官所へ戻ると、河島と名主との会談が決裂したことを知らされた。河島から、詳細を聞いた。

「いたし方がありませぬな」

「あの者たちは、どうするのでしょうか」

「高岡の陣屋へ参ると、叫ぶ者もいたようだが」

これについては、すぐにも江戸の正紀に知らせなくてはならない。馬を走らせることになるが、報告と共に、『日本橋久松町の米問屋相馬屋の番頭楽太郎』についての調べを依頼することにした。

もちろん楽太郎らについて聞いた中身は、河島にだけは伝えている。

一刻ほどの後には書状がしたためられ、青山が江戸へ向かう馬に跨った。代官所の裏門から走り出たのである。


代官所からの早馬は、翌日の正午過ぎには下谷広小路の高岡藩上屋敷に到着した。佐名木は外出していたので、正紀は井尻を傍に置いて書状を受け取り青山の話を聞いた。

「そうか、談判は決裂したか」

あるいは、という期待はあった。百五十俵の貸米を白紙に戻すのだから、受け入れられる余地はあると考えていた。もちろん総右衛門の身柄も、放免するのである。

しかしそれでは、収まりがつかないという青山の報告だった。

「厄介なのは、処罰者を一人も出さないということでございますな」

文を読んで、井尻は大きなため息をついた。井尻は誠実な男だが、きわめて小心だ。

「高岡の陣屋へも行く覚悟ならば、百姓らは性根を据えているようだ」

問題が新たな段階に進んだことになる。代官所では処理ができなかったということだ。それは領内だけでなく、近隣の領地や江戸表にも早晩伝わるだろう。

「代官所から高岡までは、急げば一日で行くことができます。何事も起こらず、済むでしょうか」

井尻は、その点も危惧しているらしい。高岡藩の領地ではない場所を通る。その中には、天領も交っている。

「通行する土地の領主は、用心をするであろう」

「悶着が起これば、当家の失態として苦情がまいります」

「いや、苦情だけでは済まぬやもしれぬ」

井尻はびくりとした顔になった。金がかかることになるかもしれない。ゆとりのない藩財政だから、勘定方として心配な話だろう。

正紀が口にしたのは、金銭のことではない。老中の水野や信明らの顔が、頭をかすめている。

馬で駆けてきた藩士からも、詳細を聞く。その途中で、外出していた佐名木が戻って来た。出向いていた先は、尾張徳川家である。一揆について、藩の対応を伝えに行っていたのだ。

正紀は、すぐに届いた書状を佐名木に読ませた。

「処罰に、こだわってきたわけですな」

渋い表情になって言った。五公五民と一揆の頭取の処罰をなくすなど、藩の仕置としてはあり得ない。

佐名木は、ここで、尾張屋敷で睦群から耳打ちされた話を話題にした。まだ広くは伝わっていないものだという。

「府中藩の一揆の件だがな。藩では討伐の兵を出したらしい」

「さようか」

驚いたわけではない。先日頼前に会った折には、厳しい対応をすると話していた。とうとうやったか、という気持ちだった。

とはいっても、讃《たた》えたわけではない。

「はっきりとした人数は分かりませぬが、死人が出た模様でございます。それで村ごとの逃散もあったようですが、兵の力で村へ戻したと聞きました」

「それは、頼前様の命というわけだな」

「本意は存じませぬが、そうなります。幕閣はその処置を、よしとしたそうにございます」

水野や信明らは、領主たるもの、領民に対しては絶対の存在でなくてはならないという趣旨の言葉を口にしていた。

「では、一応の解決は見たわけか」

「そういうことになります」

「これでよかったのか」

正紀は考え込んだ。頼前は、水戸家に連なる要人から、もろもろの指図があったことを漏らしていた。この度の処置がこれでよかったかどうかは、まだ分からない。

「今は治まったようですが、禍根を残したやもしれませぬ。百姓にしてみれば、死人が出た上に訴状は握り潰された。逃散もままならず村に戻された。心中は穏やかではありますまい」

佐名木は案じる顔で言った。

「ならば高岡藩は、どう始末をすればよいのか」

これまでにない難題にぶつかっている。正念場といってよかった。

第三章　郷方と商人

一

朝夕は、肌寒さを感じる。庭の樹木の一部が、葉色を変え始めた。枯れ落ち葉が一葉、風にはらはらと舞って地べたに落ちた。

夏らしい夏はないまま秋になり、それも駆け足で通り過ぎてゆく。暦は九月になった。正紀はしばしば朝の庭を眺めて、ため息を吐いた。

作柄さえまずまずならば、一揆など起こらない。恨めしい気持ちで、空を見上げた。

仏間には、京と姑の和が顔を出す。正紀と三人で、ご先祖の位牌を納めた仏壇の前で、読経をする。仏壇には、正紀と京の間にできた水子の位牌も納められていた。

三人で声を合わせる。心休まる時間でもあった。終わると少しばかり、三人で話をする。

相変わらず和の機嫌はよくない。奥向きの費用が減らされ、畳や襖の張替えも延期されたままになっている。和は画を描くことを喜びとしているが、そのための費《つい》えも大幅に削られた。

「いったいいつまで、このような天候が続くのでしょうか」

と今朝は口にした。前は正紀のせいだと言わねばかりだったが、天候のせいだと考えるようになったのかもしれない。京が横で頷いている。

和が愚痴《ぐち》をこぼすたびに、京は米の不出来を伝えている。姫様育ちの和は、今一つ理解ができていないらしかった。

「昨日は、狩野周信《ちかのぶ》と岑信《みねのぶ》兄弟の画を見てまいった。さすがの出来であった。当家にも、軸物の一つくらいはあってもよかろう」

「さようですね。いつかそういうこともありましょう」

さすがに京は、和には高飛車な物言いはしない。口にしたことの否定もしない。なだめるように応じていた。

和が去った後で、正紀と京は、府中藩で起きた一揆とその処置について話をした。

代官所から来た知らせと、佐名木が睦群から聞いてきた話は、昨日のうちに京にも伝えていた。

「実は昨夕、府中藩の品さまから文をいただきました」

「ほう。叔母上が、何を言ってきたのか」

品は、正紀にとっても京にとっても、叔母に当たる。府中藩の正室だ。

「少なくない死者や逃散があったのは残念な事態で、頼前さまの苦衷《くちゅう》を慮っておいででした」

「そうか」

先日の頼前とは違う顔が、叔母からの文には綴られていたようだ。

強硬派の縁筋の者や家臣の進言、それに幕閣の一部にある厳しい対処をしろという要請に流された結果ではないかと推察している。府中藩は二万石とはいえ御三家の連枝だから、いつまでも一揆騒ぎをそのままにはしておけない。水戸徳川家一門の面子《めんつ》もあるだろう。

弱小の高岡藩とは、風当たりも違うはずだった。

井上一門の本家浜松藩からは、早急の処置をいたされたいと文があったが、具体的にどうこうしろというものはなかった。下妻藩の正広は案じて、力になれることがあるならなろうといってきている。ただ兄の睦群は、今後のことを踏まえて厳しい処置を取れと告げてきていた。

河島と村名主たちの談判が決裂して、次の手が打ちにくい状況になっている。

「おれがかの地まで行って、一揆の様子を目で見て話に関われば、活路も開けてくるように思われるのだが」

行けるわけがないと考えながら、正紀は口にした。すると京は、とんでもないことを口にした。

「お行きなさいまし」

「えっ」

そんな手立てはどこにもない。公になれば、減封どころでは済まないかもしれない。

正紀は、青山が伝えてきた相馬屋楽太郎という者が気になった。何か魂胆があるからこそ、一揆に加わっている。

調べてほしいという青山の要望は、当然だった。

「おい、出かけるぞ。ついてまいれ」

正紀付きの中小姓《ちゅうごしょう》植村に供を命じた。向かう先は日本橋久松町である。すでに植村には、代官所での一件はすべて伝えている。

「楽太郎なる者は、いかにも怪しいですな」

植村もそう言った。調べは藩士に命じても済むが、自分で当たってみたかった。大きな役割を果たすかどうかわからないが、捨て置けば後悔をするかもしれない。

「でもあるのでしょうか、そのような店。いい加減なことを口にしただけではないでしょうか」

「なければ、それまでだ」

という気持ちもあった。

久松町は、真っ直ぐに伸びる浜町《はまちょう》堀の東岸にある。船による輸送が便利だから、河岸には種々の問屋が軒を並べていた。

「相馬屋が、ありますよ」

植村が、商家に掲げられた木看板を指さして言った。意外だという響きがあった。間口四間半（約八・二メートル）の米問屋である。

町の木戸番小屋へ行って、戸口にいた中年の番人に相馬屋について尋ねた。

「旦那さんは、久米右衛門《くめえもん》さんという方です。歳は、五十ちょっとくらいですね。今は米の値が上がって、どこへ行ってもなかなか手に入らない。あの店も、買い占めをしているんじゃないかという噂はありますよ」

好意的とはいえない言い方だった。

「あの店には、三十代後半の歳の楽太郎という番頭はいるか」

「いえ、そういう人はいませんね。手代や小僧にもいないと思います」

という返答だった。

店に目を向けていると、小僧が出てきて、道に水を撒《ま》き始めた。十五、六歳くらいの者だ。これにも近づいた。

「楽太郎という名の番頭さんはいません。奉公人には、そういう名の人はいません」

木戸番小屋で聞いたのと同じ答えが返ってきた。店の中を覗くと、五十前後の羽織姿の男が、若い手代に何か指図をしている。頬骨が出ており鷲鼻で、いかにもしぶとそうな眼差しをしていると感じた。

「あの者が、店の主人だな」

「そうです」

小僧は頷いた。

「たまたま屋号を覚えていて、口にしただけではないですか」

店から離れたところで、植村が言った。相馬屋の番頭というのは嘘《うそ》だった。遠く離れた土地では、調べようもない。それをよしとして、いい加減なことを口にしたのだ。

「そうなると、楽太郎という名も、怪しいものだな」

正紀が応じた。

ならば捨て置いていいのか。となると、判断がつかない。

「おい。こんなところで、何をしておる」

野太い声で、いきなり問いかけられた。声には、聞き覚えがあった。

「おお、山野辺《やまのべ》ではないか」

十手を腰に差した、北町奉行所の高積《たかづみ》見廻り与力の山野辺蔵之助《くらのすけ》だった。

正紀とは同い年で、麴町《こうじまち》にある神道無念流《しんとうむねん》戸賀崎暉芳《とがざきてるよし》の道場で剣術を学んだ幼馴染だ。部屋住みだったときには、植村を交えて酒を飲んだり盛り場へ出たりした。身分の違いはあっても、「おれ」「おまえ」と呼び合う仲で付き合ってきた。

近頃は互いに多忙で、道場で稽古をすることもなくなった。しかし浄心寺の普請では、材木の不正にまつわる一件で世話になった。そのほかの場面でも、助けてもらった。

「忙しいか」

「いや。近頃は物の値が上がっているからな、どこも品薄で商いに活気がない。高積みするほどの荷はないので、どちらかといえば暇だ」

山野辺はそう言った。

「そうか」

世の中は山野辺が忙しい方が、商いは順調なのだと知った。

感心していると、問いかけてきた。

「領地で、一揆が起こったと聞いているぞ。このようなところで、ぶらぶらしていてよいのか」

案じる顔を向けている。高岡藩の一揆は、町方にも伝わっていると知った。

「いや、困っているさ」

せっかくだから、大まかなところの話をした。

「若殿様も、たいへんだな」

一揆の勃発については、同情をしてくれた。その上で、途中で現れた楽太郎らについて調べをしていることを伝えた。

「なるほど、麦俵まで持って現れた五人は、怪しいな。かえってかき回しているようではないか」

話を聞いた山野辺は言った。

「ならば、一緒に調べてみようではないか」

と付け足した。

まずは町の自身番《じしんばん》へ行った。詰めている書役《かきやく》や大家は、与力の問いかけには丁寧に応じる。

「相馬屋さんに、楽太郎という奉公人はいません。私は十年以上も自身番に詰めていますが、その間にもいませんでした」

初老の書役が言うと、大家も頷いた。

「では、相馬屋の事情に詳しい者はおらぬか」

と聞くと、二年半前まで番頭として奉公していて、今は隠居暮らしをしている九《きゅう》兵衛《べえ》という者の住まいを教えられた。

隣の村松《むらまつ》町に住んでいるという。そのまま九兵衛の住まいへいった。敷地五十坪ほどのしもた屋だ。倅はどこかの足袋《たび》屋で番頭をしているそうな。

声をかけると、瘦せた髪の薄い爺さんが現れた。九兵衛である。すぐに問いかけをした。

「確かに、楽太郎という奉公人はいませんでした。でも似た名の、旦那さんの親戚はいました……。そうそう楽之助《らくのすけ》という人でした」

「歳はどれくらいだ」

「三十代後半ですね」

それならば、楽太郎に重なる。聞いていた正紀と植村は、顔を見合わせた。

「何をしている者か」

「深川中島町《ふかがわなかじま》で、今江屋《いまえ》という米問屋を営んでいました。でも三年前に、店を潰しましてね。その後は何をしているかは、知りません」

相馬屋を離れた老人にしてみれば、その後のことなど、知っているわけもないだろう。

ついでに、相馬屋の商いぶりについても訊いた。

「年貢米が納められた後の農家や大名家のご家臣の禄米を仕入れていました。主に常陸の村々からでした。何年も続く飢饉や凶作で、一時は傾きかけましたが、近頃は持ち直してきたと聞いています」

「なぜか」

「そこまでは、存じません。ただ旦那さんは、利にさといしっかりした方です」

商人としては、使える者だと言いたいらしかった。

二

正紀と植村、そして山野辺の三人は、深川の中島町へ行った。仙台堀《せんだいぼり》と大島《おおしま》川を結ぶ、油堀西横川《あぶらぼりにしよこがわ》の東側に位置する町だ。

この界隈も輸送には便利だから、河岸の道には商家が並んでいる。しかし今は、河岸の道に立っても今江屋の姿はなかった。

「ええ、知っていますよ。あそこの味噌《みそ》や醬油を商う店が、今江屋さんでした」

木戸番小屋の番人が、山野辺の問いかけに答えた。潰れたのは三年前だから、まだ忘れていないようだ。

「婿に入った店でした。大きな店にしたいと焦ったんでしょうがね。駄目でした。女房や子は遠方の親類に預けました。でも分かるのは、そこまでですね」

遠方がどこかは知らない。

「商いのやり方はどうだったのか」

「強引なところがあったようです。売り惜しみをしたんですよ。それで恨まれて、打ち壊しに遭いましてね」

「それで店が、潰れたわけだな」

「まあ、そうだと思います」

打ち壊しで大量の米俵を奪われた。それで商いが成り立たなくなったのだろうと、番人は言い足した。

身から出た錆《さび》といえそうだが、一揆や打ち壊しといった暴動に対しては、それなりの恨みや怒りがあると考えられた。

「楽之助は婿から店の主人になったわけだが、親しくしていた者はいるだろう。何人か上げてくれ」

と告げて、町内と近隣の町の商家の主人の名を三つ挙げさせた。

それでまずは、町内の荒物屋へ行った。そこの主人は、楽之助と同じ入り婿だそうな。

「あいつは、商いは下手ではないが、儲かると踏むと、のめり込むところがありましたね。露骨な売り惜しみをすれば、恨まれるのは当然ですから。襲われたのは、身に染みたでしょう」

「不作の年でも、仕入れはできたわけだな」

「商いについては、しぶといやつでしたよ。阿漕《あこぎ》な手を使ったかもしれませんが、蔵にたくさんの米俵があったのは間違いありません」

店を出た後のことは、分からない。

「どこかで米を売っているんじゃないですか」

次は番台に座った湯屋の主人から、話を聞いた。荒物屋の主人と、おおむね同じような話だった。ただここでは、日本橋界隈に同業の親類がいると話が出た。

「店が潰れそうなときに、そこの世話になるという話をしていました」

「なったのか」

「そこまでは分かりません。店をたたんでからは、一度も顔を見ていませんから」

三軒目は、隣町の老舗《しにせ》の仏具屋である。店内には仏壇や燭台《しょくだい》、香炉などが並んでいる。

「楽之助の顔ならば、梅雨の頃に、東両国《ひがしりょうごく》の広場で見かけました」

両国橋を、西へ渡って行ったのだそうな。声をかけようとしたが、人ごみに紛れて分からなくなってしまったという。

「身なりはどうだったのか」

「悪くなかったですよ。それなりの商いをしている様子でした」

ここまで聞いてから、山野辺は深川中島《なかじま》町の自身番へ足を向けた。正紀と植村はっいて行く。

「町を出た後、楽之助さんがどこへ行ったかは分かりません。おかみさんや子どもは、生まれ在所に預けているはずです」

「生まれ在所とは、どこか」

「少々お待ちを」

書役はそう言って、棚にある綴りの一つを取り出した。指に唾《つば》をつけて紙をめくった。

「下総国香取郡の滑川村というところです」

「何だって」

正紀が声を出した。滑川村ならば知っている。高岡藩領ではないが、領地と接している村だった。山城国淀藩十万二千石稲葉家の飛び地である。

「なるほど、下総には土地勘があるわけだな」

正紀が伝えると、山野辺が応じた。

滑川村の者ならば、高岡村や小浮《こぶけ》村などの百姓とは、少なくない知り合いがいるだろう。しかし武射郡や山辺郡とは離れているから、沖渡村など五村の者が顔を知らなくても不思議ではない。

　また高岡領の米を扱おうと企んだなら、一揆の旗揚げを好機として捉え、五村に関わりを持とうとしたと考えられなくもない。

　ここまで聞いた正紀ら三人は、もう一度久松町の相馬屋へ行った。今度は店の外に手代が出て来るのを待って、問いかけをした。

「楽之助さんならば、よくお見えになります」

　若い手代は、山野辺の問いかけに応じた。

「最後にお見えになったのは、先月の末くらいでした」

「それは縁者として来るのか、商いをしにくるのか」

「両方だと思います」

　やや思案するふうを見せてから言った。

「楽之助さんと旦那さんは、又従兄弟《またいとこ》だとか聞いたことがあります。ですから旦那さんは、楽之助さんが下総や常陸を回って仕入れた米を、他よりもいい値で買っているのだと思います」

「飢饉凶作といっていい土地だが、それでも仕入れてくるのか」

「あります。こういう折ですから、仕入れ先がどこであっても、入荷できるのは大助かりです」

「どの程度の量を入れるのか」

「それは、ご勘弁くださいませ」

手代は慌てた様子で首を横に振った。喋り過ぎたと思ったのかもしれない。店の得意先の名を二つ聞いて、手代を解放した。

まず日本橋田所《たどころ》町にある舂米屋《つきごめ》へ行った。

町の小売りの米屋は、どこも品不足で困っている。店を開けられないという話も耳にしていると山野辺は言った。

「商人といっても、いろいろだ。買い占めや売り惜しみをする阿漕な者もいるが、そればかりではない。できるだけ安値で売ろうとする者もいる。しかしそういうところには、客が殺到する」

「それでは、在庫などすぐになくなるだろう」

「商いとは、難しいものだぞ」

山野辺の言葉に、正紀は頷いた。

舂米屋は、間口三間（約五・四メートル）だった。米を舂《つ》く音が、通りに響いてくる。

「ええ、とんでもないことになっていますからね。今年はどこも、とりわけ仕入れには難渋《なんじゅう》をいたしています」

山野辺の問いかけに、春米屋の主人は答えた。

「ここは、相馬屋から仕入れているのではないか」

「はい。親父の代からの仕入れ先です」

「それでも、仕入れができないわけか」

「いえ。今年はなんとか新たな仕入れができそうなので、うちが卸してもらう量は、減らされないで済みそうです」

出入りがあっても、最近関わりができたばかりの店や支払いが滞《とどこお》る店は駄目だが、古くからの顧客や大量仕入れをする小売りに限ってという話を、相馬屋の番頭はしたらしい。

「いつの話か」

「いえ、つい三日ほど前の話です。うちにしてみたら、大助かりです」

主人はほっとした顔で言った。

「相馬屋が仕入れる先がどこか、分かっているのか」

「それは聞いていません。私どもは、このご時世にどこの米がいいとか悪いとかなどとは、言っていられません。仕入れられるだけで、万々歳です」

二軒目は神田松田《まつだ》町の小売り店だった。前の春米屋よりも間口が広い。ここでも同じような言葉を聞いた。

「どこから仕入れるのでしょうか」

植村が口にした。正紀も気になるところだ。

「まさか、高岡藩の米ではあるまい」

山野辺は冗談めかして応じたが、正紀も植村も笑えない。核心を衝かれた気さえした。

そこで相馬屋が仕入れた荷を運ぶのに使う船問屋を訪ねた。深川万年《まんねん》町一丁目の船問屋佐原《さわら》屋だと告げられたので、話を聞きに行った。

大川《おおかわ》を何度も渡ることになるが、これはしかたがない。

「はい。今年も相馬屋さんの荷は、運びます。でも、いつもよりもだいぶ少ないですよ。まあ今年は、どこの店でも同じようなものですが」

船問屋の中年の番頭は、そう問いかけに応じた。冴《さ》えない表情をしていた。

「運んでくる先は、いつもと同じ場所からか」

「そうです。毎年決まった村からで、新しい仕入れ先ではないですね」

番頭は通常の仕入れだと言っている。二軒の小売り店の主人が言った、新たな仕入れの品ではない。

「そうなると、どこから仕入れる米なのか」

何よりもそこが気になる正紀だ。相馬屋と楽之助への不審が深まった。

三

この頃京は、小石川伝通院《こいしかわでんづういん》に近い府中藩上屋敷へ、叔母の品を訪ねていた。

常陸行方郡の府中藩領であった一揆は、収まりがついたと聞いている。しかし武力でなされた解決だから、問題も残っているはずだと正紀は話していた。

ともあれ心労はあったと察せられるから、それを慰めたかった。またその後の藩の様子も聞いてみたかった。

正室とはいっても、藩政に口出しをすることはできない。しかし屋敷内にいれば、耳に入る話も少なくないだろう。また藩主頼前の心労もうかがえる。

「おお、よくまいったな」

京は、庭に面した日当たりのいい部屋へ通された。訪問を喜んでくれたらしかった。

「叔母上さまには、さぞかしご心痛のことと、案じておりました」

「気遣い、嬉しいですよ。そなたの高岡藩も、対処に手古摺《てこず》っているところであろう」

「はい。正紀さまも、あれこれ手立てを考えておいでです」

「そうであろうな。頼前さまも、お倒れになるのではないかと案じました」

相手が京だからか、家臣には言えないことを口にした。

「逃散もありましたそうで」

「いかにも。老いて身動きできぬ者は、背負われて逃げた。しかし連れて行けぬ家では置いて出るしかなかった。身動きできぬ年寄りは、食い物のない家に一人残された。頼前さまは、その話を聞いて、涙なされた」

頼前も品も、百姓の苦境については、これまであまり気に留めてはこなかったらしい。水戸徳川家のご連枝と、尾張徳川家の姫である。

初めて耳にした話は、衝撃だったようだ。

「ゆえに決着をお急ぎになられたが、少なくない死人が出てしまった」

しょんぼりとした口調だった。前に会ったときよりも、明らかに老けて見えた。目尻の皺も増えている。

「ともあれ、一揆は治まったと聞きましたが」

「それはそうですが、領地は荒れました。家中には考え方の違う者がいて、今も諍《いさか》いがあるようです」

「頼前さまのご心労は、絶えませんね」

一揆は形の上では治まったが、傷口を外から覆っただけだ。膿《う》んだ傷口は、完治には程遠いのかもしれない。

高岡藩の一揆も、家中の者たちも、そこまでは行っていない。早い手立てが必要だと感じた。

「井上家と同様、当家も定府の家柄ゆえ領地に戻れぬ。国許《くにもと》で指図ができぬのは、事をなすにあたって後手となる。頼前さまはそこを悔やんでおいでになりました」

京は頷きながら、その言葉を聞いた。

「正紀さまを、横田村の代官所へ出向かせる手立てはないか」

と考えた。

すでに東国三社《とうごくさんしゃ》巡りという手は使ってしまった。二度は使えない。ただ霞ケ浦の北に位置する高浜《たかはま》河岸と比べれば、横田村は半分にも満たない距離だ。

「そなたも、気が気ではないであろう」

府中藩や頼前についての一通りの話が済んだところで、品が問いかけてきた。

高岡藩の一揆は、まだ治まる気配を見せていない。それを踏まえての言葉だった。

「はい。何か役に立ちたいと考えております」

「女子のそなたがですか」

驚いた顔になった。

「いえ、一揆の場へ乗り込むわけではございません。でも何か……」

これは京の本音だった。だからこそ、品にも会いに来た。京はあえて、笑顔で言葉を返した。

「気持ちを持つことはよいことです。そういえば淡口醬油を売るときには、そなたが茶席の料理で醬油を差したのでしたね」

品はそのことを覚えていたらしく口にした。

京は黙って頷く。品が続けた。

「しかし無理をすることはありませんよ。そなたは腹のやや子を失った。どれほどの思いであったか、察するにあまりあります。その悲しみや無念は、まだ消えてはいないでしょう」

哀惜《あいせき》の色を顔に浮かべて、叔母は言った。

会う人は、あえてこの話題を避ける。京もそれでいいと考えているが、胸にある後悔や辛さは消えたわけではない。

叔母はその京の心に、やんわりと触れてきたと感じたのである。まったくその通りだ。自分の気持ちに、寄り添ってもらえた。その安らぎが、胸の中に広がった。

そして京は、どきりとした。

品も子を失っているのを思い出したからだ。叔母は子を産んだが、幼くして亡くした。やっとできた子だったと聞いている。しかし健《すこ》やかには育たなかった。生かすべく神仏に祈り、自ら世話を焼いたが、効なく早世してしまった。その無念があるから、口にしてきたのだと気がついた。

以後叔母は、子宝に恵まれない。成長した子どもはいなかった。

「だから私の胸の内が分かるのだ」

と察した。自分の悲しみと無念を、受け入れてくれている。それは嬉しかった。慰めるつもりでやって来て、慰められたのは自分の方だと京は思った。

正紀は当主正国が大坂定番で不在のため、藩邸内では藩主の代役を務めている。来客の対応や他家へ訪問をしなくてはならないこともある。

菩提寺の浄心寺改築に関して普請奉行役も務めているから、そちらの用もある。

普請の進み具合を、松平信明の屋敷にまで報告に出向いた。多忙な相手だから、信明の都合に合わせて訪問をしたのである。

長居をするつもりはない。手早く普請の状況を伝えた。

「ご苦労でござった」

頷くことも、問いかけることもないままに話を聞き、その上で口にした。一応ねぎらいの言葉だが、気持ちのこもらない形ばかりの口ぶりはいつものことだった。

そして高岡藩の一揆が未解決になっている点を、信明は話題にした。

「府中藩は、見事なご処分をなされた。さすがはご連枝のお家柄でござる」

信明は、いつも背筋をぴんと張っている。相手の目を見てそらさない。堂々としているが、自分への物言いには、いつも冷ややかさが混じっていると正紀は感じた。

「高岡藩では、どのような手立てを取っておいでなのか、お聞かせいただきたい」

「はあ」

信明が満足するような返答はできないので、すぐには言葉が出なかった。する気もない、できもしないことを口にするのは嫌だった。

「老中の水野様も、たいそう案じてござった。一揆のあった村には、将軍家への年貢を納める村もある。長引いては、お上に対して申し訳が立つまい」

「さようで」

そこを責められるだろうとは、前から予想をしていた。ここは、受け入れざるを得なかった。

「藩は領民に対して、威厳を持ち毅然《きぜん》として政を行わなくてはなりませぬ。その根幹を、忘れてはなりませぬぞ」

前にも、同じようなことを言われた。

責め立てる口調ではない。しかし引くことを許さない、強い意志が含まれている。

正紀は反論はしないで、黙ったまま頷いた。「威厳」と「毅然」は、無理押しをすれば禍根を残す。かえって始末がしにくくなることもある。

天領に絡めて、老中が苦情を述べたのならば、深刻さの度合いが変わってくる。追い詰められているのは、明らかだった。

四

軍兵衛と数人の百姓は、納屋にある食糧を荷車に積んだ。高岡の陣屋へ行くと決まったが、水や兵糧なしでは、身動きが取れない。

庄吉らは、甕《かめ》に水を汲んでいた。これも別の荷車に載せる。

「楽太郎さんの姿が見えねえな」

周囲に目をやってから、軍兵衛は呟いた。一升の麦をかすめた件があるから、楽太郎のことはいつも気になっていた。誰かに告げられたら、自分はどうなるか。その虞が頭をよぎるのである。

持ち出さなければよかった、という後悔が気持ちの奥にある。それが後ろめたさになっているのだ。

「村を出ているな」

と見当がつく。これは珍しいことではなかった。半日以上、姿を見かけない日もあった。

軍兵衛はそれを、不審には感じない。商いにでも行っているのだろうと考えた。

「さあ、いよいよだぞ」

「陣屋へ行けば、否が応でも話はつくだろうからな」

百姓たちは、気持ちを高ぶらせている。一揆も、大詰めにきていると感じるからだ。

「しかし、皆で陣屋まで行ってしまっていいのかね」

と首を傾《かし》げる者もいた。臆したのではない。

収穫した米が、各村の納屋に納められている。それは藩に納めるべき年貢米が中心になっていた。一揆の者たちが村を発《た》てば、納屋を見張るのは限られた者になる。盗まれないかと、危惧をするからだ。

「頑丈な錠前がかかっているんだ。案ずるには及ばねえ」

　と言う者もいた。

「気になるならば、見張りを置けばいいんだ」

との声もあった。そう口にするのは、おおむね駒吉ら三人の無宿者とうまくやっている者たちだった。

「それは、もっともな話だ」

　と同調したのは、多七郎だった。他の名主を含めた村方三役たちも同意している。事が治まったときには、年貢は納めなくてはならない。たとえ奪われても、ないとは言えない。

　村に年貢米を奪うような者は一人もいないが、他所から何者かが侵入してくる可能性はないとは言えない。

「各村に、人を残さなくてはならないだろう」

　福俵村の宇左衛門も応じている。

水甕を積み終えた庄吉らが、食糧の積み込みの助勢に入った。納屋番を残しても、百五十人分の食糧である。荷車は一台では済まない。

「これで、何日持つんだろうか」

と漏らした者がいた。長引けば、兵糧も底をつく。大丈夫かという不安が腹にあるから、そういう言葉が出る。

しかしこれから百姓たちに持ってこさせるのは、至難の業だ。軍兵衛にしても庄吉にしても、そんな余力はない。これは他の者たちも同じだ。

とはいっても、街道の民家を襲うことは許されない。やれば野盗になってしまう。

「おれたちは一揆の百姓だ」

これは苦しい中で、ぎりぎりに持ちこたえている百姓たちの矜持といってよかった。

「おい。この麦俵、ずいぶん軽いじゃねえか」

声を上げた者がいた。楽太郎が差し入れた俵である。荷車に載せようとして、持ち上げた者が口にしたのだ。

「どれ、おれにも持たせてみろ」

他の者が手に取った。

「ほんとうだ。ずいぶん早い減りようじゃねえか」

この男も、声は大きかった。軍兵衛の心の臓が、跳ね上がっている。顔が引き攣ったのが、自分でも分かった。

「誰か、持ち出しているんじゃねえか」

男は、周囲の者を見回した。腹立たしい気持ちが、目に潜んでいる。

麦俵は一揆仲間という集団すべてのもので、誰かが勝手にしていいものではなかった。それを認めれば、結束は一瞬のうちに崩れる。

その不正のにおいを感じたから、男は声を上げたのである。

軍兵衛の心の臓は、早鐘《はやがね》を打っている。誰かがその音に気づくのではないかと周囲を見回した。ここにいるのは十人ばかりだが、半分ほどは明らかに怒っている。しかしそうでない者もいた。

怯えた眼差しを、声を上げる者に向けている百姓がいた。庄吉だった。

何かを口にするでもなく、青ざめた顔を向けている。いつもの庄吉ならば、真っ先に怒りの声を上げるはずだが、まったく意外な反応だった。

軍兵衛は、他の者にも目を向ける。するともう一人、黙って麦俵に目を向けている者がいた。

「ああ。おれだけじゃあ、ねえんだ」

軍兵衛の胸に去来したのは、その思いだ。こいつらもやっていたんだという驚きもある。その気持ちの中には、微かな安堵《あんど》も交っていたのは不思議だった。

「いってえ、どいつだ。ただじゃ置かねえ」

とロにしたとき、それまで黙っていた者の一人が口を開いた。

「ちょっと待てよ。そんなに減っているのかい」

軽い口ぶりで言って、麦俵を持ち上げた。重さを計る仕草もして見せた。

「確かに軽くなっていらあ。でもよ、百七十人が食ってきたんだぜ。むしろこれだけ残っていたら、上出来じゃねえかね」

感心するような言い方さえしていた。

「ちげえねえ。おれも食ったし、あんたも食ったよなあ」

他の男が、苦情を告げた男に言った。ここで軍兵衛は、慌てて大げさに頷いた。すると庄吉も、もう一人の男も同意の声を上げた。

「そ、そりゃあ、そうだけどよ」

初めの勢いが、削がれていた。食糧など、いつまでもあるわけではない。減って当然だが、おかしいと思えば、声を荒らげたくもなる。その気持ちは軍兵衛にも分かるから、この場から逃げ出したい気持ちと闘っていた。

言われるまでもなく、麦俵の減りようは明らかに早い。

「そ、そうかな」

声を上げた百姓は、首を捻った。

「あたりめえだ。そんな細かいことを言ってねえで、さっさと積まなくちゃなるめえ」

その言葉で、この場の収まりがついた。

唐黍《とうきび》の入った小袋も一つ残らず、荷車に載せた。それで軍兵衛は、ほっと深い溜息を吐いた。

庄吉やもう一人の男は、素知らぬふうを装っている。その姿を見ながら、軍兵衛は他にも麦を持ち出した者がいるのではないかと、思い当たった。今この場にいるかどうかは別として、そういう機会があった者が他にいてもおかしくない。

そしてもう一つ、腹の底を熱くしている驚きがあった。

量が少ないと叫んだ百姓の、なだめ役をした者である。駒吉と才助だった。楽太郎が伴ってきた三人の無宿者たちである。八造の姿はなかった。

軍兵衛の目からは、麦を奪い取った者を庇っていたように見えた。

なにか不気味な気配が漂い始めているのを感じる。けれどもただ一度、たとえ一升の麦でも、楽太郎の巧みな誘導に乗って奪ってしまったら、後戻りはできない。楽太郎やその仲間の者たちに、逆らえなくなる。何よりも自分がそうだった。庄吉たちも、同様だろう。

「一揆のどさくさの中で、何を企んでいやがるのか」

軍兵衛は初めて気づいた。

そして一揆の集団が、大国主神社を出立しようとしたとき、楽太郎が現れた。俵一つを積んだ荷車を、八造が引いていた。

「高岡の陣屋へ行くとなれば、兵糧がなくちゃあ、身動きできません。もう一俵、麦を運んできましたよ」

楽太郎は声を上げた。

「これはありがたい。ずいぶんと、前のは減っていたからな」

「ほ、本当か」

驚嘆とも仰天ともとれる声だ。百姓たちが、荷車に集まった。

「もちろんですよ」

楽太郎は、俵に腰に差していた煙管《キセル》を差し込んだ。そして俵の一部を広げると、麦の粒が、ぱらぱらと零《こぼ》れ落ちた。

「拾え。もったいねえぞ」

と言った者がいて、笑い声が上がった。

ただ軍兵衛は笑えなかった。かえって怖い。

「いったい、何を企んでいやがるんだ」

空恐ろしい気持ちになって、胸の奥で呟いた。

五

正紀の御座所へ、佐名木と井尻、それに青山がやって来た。松平信明の屋敷から戻るのを、待っていたらしかった。

井尻は、一冊の綴りを手にしていた。

「まずはこれを、ご覧くださいませ」

差し出された綴りを、正紀は手に取った。開いて中を見ると、細かな文字で麦や雑穀類の売買の記録が記されていた。

一万石の小藩では、家臣は微禄の者が少なくない。大名である以上、それなりの格式を調えなくてはならないし、定められた軍役の規定がある。一万石の大名ならば、戦時には二百二十五人を家臣にして、戦場へ赴かなくてはならなかった。しかし平時の今は、そこまでの家臣は雇えない。

井上家では百名ほどの家臣を置いていた。主家の経費に陣屋や大名家の維持、他家との交際費、そして家臣の禄米を、一万石の領地から納められる年貢米で賄《まかな》わなくてはならない。平年作の五公五民でも、実収は五千石だ。

高岡河岸から運上金や冥加金が入るにしても、まだまだ満足のゆく利用はされていない。

したがって藩では、高禄の家臣は置けなかった。微禄の家臣で、数を揃えたのである。これは高岡藩だけでなく、下妻藩など特別な産物のない小大名家では、同じようなものだった。

そこで国許の微禄の家臣たちは、庭や利根川の土手に、育てやすい麦や雑穀を植えた、自家消費用にしたり、行商の者に売ったりして家計の助けにしたのである。

このあたりは、百姓と同じだ。年貢の対象になるのは米だけで、その他は藩家では関わらない。

高岡藩では、家中の者が拵えた作物は、まとめて行商の者に売った。井尻が持参したのは、その取り引きを記した綴りである。

公簿ではないが、藩として、その記録を残していた。佐名木や井尻は、国許の藩士の暮らしぶりを知るために、綴りを江戸に取り寄せていた。

これには、売りに出された作物の品種と量、金額が記されているだけでなく、売りに出した家臣の名と買い取った商人の名も記されている。

佐名木は、楽之助が滑川村出の商人だと知って、綴りを当たったのである。

「ここを、ご覧ください」

「うむ」

指差しされた帳面を見ると、買い手の欄に『今江屋楽之助』の名があった。昨年だけでなく、その前の年にも、名の記載があった。

「店を潰した楽之助は、米だけでなく麦や雑穀の買い付けもしていたことになります」

「地元ならば、商いもしやすかったであろう。藩士にも、知り合いがいたかもしれぬ」

ここまでならば、驚くにはあたらない。

「それがでございます。この雑穀類の売買にあたっては、別御用として藩士が輪番《りんばん》で当たっておりました」

藩の御用ではないが、藩士の副業のために年ごとに役目を決めて事務を受け持ったのである。

「一昨年は、郷方廻りの須賀が当たっておりました」

「すると楽之助は、須賀を相手に取引をしたわけだな」

ここで青山が、口を挟んだ。不満げな顔つきだ。

「須賀はそれがしに、楽之助の顔は見たことがないと話しました」

「そうであったな」

曰く窓から一揆の衆を見た話は、最初に聞いていた。

「嘘をついたことになります」

井尻が言うと、青山は大きくうなずいた。

「なぜ嘘をついたのか。つく必要があったのか。そこが問題だな」

正紀が告げると、一同は頷いた。

「郷方廻りの須賀は、百姓たちが一揆を起こす気配を、実は薄々、感じていたのではないでしょうか」

「それを知らされた楽之助は、一儲けする手立てを考えた」

「当然須賀も、分け前を取るのでしょうが」

佐名木と正紀のやり取りに、井尻と青山が頷く。

「しかし楽之助は、何を得るのであろうか。そこが見えにくいぞ。凶作の村に、奪うものなど何一つないではないか」

納得のいかないところだ。

「いかにも。あるのは年貢の米ぐらいでしょう」

井尻の言葉に、正紀はひらめいた。

「狙いは、それではないか」

「まさか、そのような大それたまねを」

青山が顔を強張らせて言った。年貢米を奪うなど、前代未聞の話だ。

「いや。それならば話の辻褄《つじつま》が合う。米不足で高騰している今ならば、数百俵もの米があったら、たいへんな利になるのではないか」

「まことに。とんでもない企みです」

米価に詳しい井尻は、苦々しい顔で佐名木の言葉を受け入れた。

「では代官の大河原は、この企みに加わっているのであろうか」

藩の年貢米が狙われていると、はっきりしたわけではない。ただそうだとしたら、大河原のことも捨て置けない気がした。

「大河原と須賀が、共に悪さを企てるほど親しい間柄であったかどうかは不明です。昔から無縁の間柄です。しかしどちらも飛び地の百姓と関わる役目で、顔を合わせる機会は多かったと存じます」

「しかしそれだけでは、繋がりがあるとは決められぬぞ」

井尻の言葉に、正紀は答えた。

そもそも一揆に関わる楽之助の意図が、明確になっていない。きわめて怪しいというだけだ。ただ須賀や大河原が嚙んでいるとなれば、この度の一揆への関わりは、「義を以て」というだけの問題ではなくなる。

ただあらゆる場面を、想定しておかなくてはならない。後で慌てるのだけは、避けたかった。

「大河原のことは置くとして、須賀と楽之助が組んで年貢米を奪おうとした場合、米俵をどう運ぶつもりであろうか。陸路を荷車に積んで運ぶのでは、すぐに追っ手がつくぞ」

「やはり、船でしょうな」

正紀の疑問に、佐名木が応じた。

「しかし東回りは、潮の流れが航行を妨げるのではないか」

東の海は、波が荒い。特に九十九里は、大波が押し寄せると聞いている。沖へ出ても流されて、難破が後を絶たない。

銚子から利根川を使い、関宿経由で江戸へ物資を運ぶのは、外海を使って江戸へ行くよりも距離的には遠い。しかし東回りが、日本海を進む北前船《きたまえぶね》のように発達しなかったのは、遠回りでも河川を利用した方が、安全確実に荷を運ぶことができるからだった。

「いかにも。米俵を満載した小舟が、九十九里の荒波を受けたなら、ひとたまりもないと存じまする」

正紀は九十九里の浜を、まだ見たことはない。しかし青山は徒士組の配下を伴い、浜で調練をしたことがある。内湾の江戸の海とは、比べ物にならない荒海であることを伝えてきた。

「だがな、藩の米を扱うのは命懸けだ。どのような荒海でも、乗り越えるくらいの覚悟がなければ、初めから考えることもなかろう」

佐名木が言った。

「とはいえ、航行する船がないわけではございませぬ。二、三百石積みくらいの荷船を出すのかもしれませんぞ」

井尻が答えた。海路で船を出すという手は、ありそうだった。

そしてその日の夜、正紀は奥にある京の部屋へ行こうとしていたところで、青山の訪問を受けた。

「勤番で江戸へ出て来た者の中で、須賀と親しくしている者に会いました」

青山は、夜分に面会を求めたことを詫びた上でそう言った。昼間の話が気になって、江戸にいる者で須賀と近しい者を捜したのだ。

明朝話してもいいことだが、じっとしていられなかったのかもしれない。

「どうした」

「須賀の伯母は、滑川村の百姓の家に嫁に行ったそうです」

「楽之助の実家へでも行ったのか」

「どうもそのようで。楽之助の実家は、百姓代の家でした」

楽之助は四男だったから、江戸へ奉公に出た。藩士はうろ覚えではあったが、須賀の伯母が、楽之助の母親ではなかったかと言ったという。

「では従兄弟ではないか」

身分は違っても、親しい親類といってよかった。

「一揆が起こったとき、最初に使者として村へ来るのは、須賀だと考えたのでしょう。大河原が楽之助を知っていたかどうか分かりませぬが、狙いがあれば、決裂するような交渉をしただろうと思われます」

「うむ」

「次には河島様など御重役が行くと踏んでいれば、気づかれることはないと考えたのではないでしょうか」

「なるほど。仮に楽之助を知っている者が使者の供でついてきても、一揆の中に紛れ込んでいれば分からない。その方のように、いちいち確かめるとは思いもしなかったであろうからな」

楽之助への疑いが濃くなると共に、須賀が何かの役割を担っていると見えてきた。

六

水や食糧の積み込みが終わって、大国主神社の境内にすべての百姓が集まった。軍兵衛も、その中の一人だ。

これから高岡陣屋へ向かうが、すべての者が行くわけではない。各村の納屋には、収穫したばかりの年貢米などが納められている。出入り口の戸に頑丈な錠前がかけられているとはいえ、壊されたならば運び出されてしまう。

「誰が残るか、決めたいと思う」

多七郎が声を上げた。

一揆は一軒から一人が出ているだけだから、村に男衆がいないわけではない。いざとなれば駆けつけてくるが、しばらく見張りをつけるべきだと、誰もが考えていた。一揆が解決した後、一俵でも奪われていたら、年貢は納められないことになる。百姓たちは、周りの者たちとあれこれ話し合う。誰がいいか、名を挙げ合うのである。

「ちょいと軍兵衛さん」

ここで袖を引かれた。いつの間にか傍に、楽太郎が来ていた。

そのまま二人で、一同から離れた。

「どうです。沖渡村では、あんたが残っては。ぜひそうしてもらいたい」

口には笑みが浮かんでいるが、鋭い眼差しが怖いくらいだった。

「へ、へえ」

楽太郎の言葉に、逆らえるわけがなかった。

「自分から手を挙げるわけにはいかないから、庄吉さんがあんたを名指しする。それに頷きゃあいいわけでね」

どきりとするくらい、凄みのある笑いを向けられた。

「な、ならば、おれは庄吉の名を出すのか」

「それはいい。他の者がやる。気にするな」

これだけ言うと、行ってしまった。最後は、子分に命ずるような口調になっていた。

残れという指図には、庄吉や他の者も絡んでいることになる。下手をすれば、楽太郎の息がかかった者だけが村に残るのかもしれないと考えて、どきりとした。

「何が起こるんだ」

と不安がよぎったが、それについて楽太郎に問いかけることも、騒ぎ立てることもできなかった。

「それでは、名を挙げてもらおうか。自分が残るというのでも構わない」

多七郎はそう言った。各村、二人程度でと言い添えている。

自ら陣屋へ思いを伝えに行きたいと考える者もいれば、場合によっては命にかかわることを、できるなら避けたいと願う者もいる。ただ自分から残りたいと告げるには、勇気がいった。

意気地なしと思われそうだ。

「沖渡村は、軍兵衛さんに任したらどうでしょう。しっかり守りますよ」

それを言ったのは、やはり庄吉だった。じわりと、涙が出そうだった。

「ああ、そりゃあいい」

これは無宿者の才助で、それを受けて他の者が応じた、もう一人は、文次郎《ぶんじろう》という五十代半ばの者だった。歳もいっているので、村の者が労《いた》わったのである。

そして横田村では、二人のうち一人が庄吉になった。名を挙げたのは、楽太郎や畑中、駒吉ら三人の無宿者たちと親しくしている者だった。

福俵村も同様にして、耕作《こうさく》という者が残ることになった。しかし村として小さい実門村や蛇島新田村は、楽太郎らとは関わりのなさそうな者と決まった。

「何が起こるんだ」

またしても湧き上がった疑問を、軍兵衛は喉元で呑み込んだ。

庄吉に目をやると、顔は心なしか青ざめているように感じた。企みを知っているのか、自分と同じように、漠然とした不安や恐怖を感じているのか、それは分からない。

庄吉らが番をする横田村の納屋には、二百俵をやや超える米が、沖渡村には百十俵の米が入っている。一番大きい福俵村は五、六百俵くらいかと思われた。

横田村と沖渡村は天領の分も絡むから、その分の米も交ざっている。もちろん、百姓の取り分の米も入れているだろう。

「さあ、行くぞ」

多七郎が声を上げる。気迫のこもった声だ。

「おう」

一同の者たちが応じた。法螺貝の音が、空に響き渡る。乱打される鉦や太鼓が、これに重なった。

高岡村に向けて、移動が始まったのである。


「このような折に贅沢ではありますが、薄茶を点《た》てます」

京が正紀に言った。屋敷内で茶を点てるのは、久しぶりだった。

「それはありがたい」

正紀は応じた。京の点前《てまえ》で茶を喫すれば、気持ちも休まる。妙案が浮かぶかもしれないと思った。

屋敷内の茶室で向かい合った。釜の湯が、薄暗い部屋の中で小さな音を立てた。京が柄杓《ひしゃく》で湯を汲む。茶碗に注がれる折の音の柔らかさに、気持ちが和んだ。

香ばしい茶の香が、鼻をくすぐった。茶は味わうだけのものではない。音とにおいを楽しむものだと、正紀は京から教えられた。

それまで茶の湯など、必要な作法をまねごとのようにしていただけだった。

「高岡へは、どのような指図をなさいますか」

一服喫したところで、京は問いかけてきた。

高岡からも、指図を仰ぐ書状が来ている。児島は自分では何も決められない男だから、書状を読んだだけでも、慌てふためいている様子がうかがえた。

「その場にいて、一揆の者たちと顔を合わせねば、腹を割った話はできぬ。じっくり話し合えば、互いが譲れるところが見えてくる気がするのだが」

ため息とともに告げた。

「ならば、お行きなさいまし」

京は、きりりとした目を向けて言った。これと同じことを、前にも告げられている。

「それができるならば、とうに江戸を出ているぞ」

分かり切ったことを口にするな、という苛立ちが胸の奥に湧いている。

「もし一揆の一行が、天領内で争いや盗みなどを起こしたらどうなりますか」

「その場合は、ためらわず力で押さえつけねばなるまい。ご公儀の手を煩わせるわけにはいかぬからな」

その上で藩政の不手際を責められることになるだろう。老中の水野あたりは、手ぐすねを引いて待っているかもしれない。

「このまま、直《じか》に手を下すことなく力で一揆を抑えるようになったら、後悔をなさるのではありませぬか」

「それはそうだ」

「急な病となられませ。藩主のお役目は、佐名木に任せればよいのです。あの者は、承知をしております」

「承知だと」

「はい。先ほどあの者と、話をいたしました」

何が一番大事か、佐名木は判断のできる男だった。二人は相談して、病療養のため奥に引き込ませる形で、江戸から出そうと企んだと知った。

病ならば、他家への訪問も、客との面談もしなくて済む。わずか数日ならば、ごまかすことはできるだろう。気をつけなければならないのは、周囲の者に外出を気づかれることだ。それさえ注意すれば、どうにかなるだろう。

「そうだな」

正紀は、江戸を出る覚悟を決めた。

第四章　九十九里浜

一

京と佐名木に後押しされて、正紀は隠密裡に江戸を発つことを決めた。すぐにも馬に跨りたいところだが、江戸で気になることを一つ片づけたかった。

正紀は、植村を伴って北町奉行所へ行った。山野辺の今日の巡回先を聞いて捜し出し、付き合わせることにしたのである。

「そうだな、あらかじめ調べておいた方がよさそうだ。向こうの動きが、読めるかもしれぬ」

考えていることを伝えると、山野辺は同意してくれた。三人で行ったのは、相馬屋が荷運びをさせている深川万年町にある船問屋佐原屋である。

すでにここでは、相馬屋が特別な荷を依頼していないことは聞き込み済みだった。そこで正紀は、店ではなく楽之助という者が荷運びを依頼していないか問いかけたのである。

「さあ、そのような方は、存じませんが」

番頭は、楽之助の名さえ知らなかった。

傍で腰に十手を差した山野辺が睨んでいるから、問いかけを受けた番頭は、親身な対応をする。念のため、輸送の予定を記載している綴りを検めさせた。

「楽之助という方からの依頼は、ありません」

と言われた。

「ならば、元今江屋がどこの船問屋を使っていたか、捜してみよう。数百俵の米を奪おうというのならば、必ず荷船の手配はするはずだ」

山野辺は言った。

今江屋のあった深川中島町に、足を向けた。

近所の住人に聞いてみた。油堀《あぶらぼり》西横川に面した町で、この界隈の商家はどこも船を荷運びに使う。店が潰れたのは三年前とはいえ、今江屋が使っていた船問屋がどこか、知っている者が一人や二人はいるだろうという判断だ。

「今江屋さんが使っていた船問屋ねえ。さあ、どこだったか」

周辺の店で覚えていた者はいなかった。

当てが外れた。川にはしじゅう荷船が行き来しているが、船首にある船名に気を止める者は少ないのかもしれなかった。

折しも、船着き場に荷船が着いて、人足たちが炭俵を降ろし始めた。

「次はあの者たちに聞いてみよう」

と考えて、正紀は荷運びが終わるのを待った。

終わったところで、山野辺が声掛けをした。

「楽之助とは、懐かしい名ですね。店を潰しても、まだ米の商いをしているんですかい」

荷運び人足は、流れ者が多い。名も聞かないという者もいたが、それでも三人に一人くらいは知っていた。

その中の一人が、覚えていた。

「仙台堀河岸の新川《しんかわ》屋の船だった気がするが」

「ああ、そうかもしれねえ」

と聞き出すことができた。深川西平野《にしひらの》町にある船問屋だそうな。

すぐに新川屋へ行った。荷船は荷運びに出ているらしく、専用の船着き場を持っていたが、荷船の姿はなかった。

声掛けして現れた、おかみらしい女に問いかけた。

「今江屋の楽之助さんならば覚えていますが、店が潰れてからは、顔も見ていませんね」

と告げられた。

盗んだ荷を運ぶのだから、まともな船問屋になど頼むわけがない。そう考えると、ここへ来たことが無駄だった気がした。

それは山野辺も気づいたらしかった。問いかけの仕方を変えた。

「かつて今江屋の荷を運んだ船頭で、楽之助と親しくしていた者はいないか。金になるならば、何でも運ぶような奴だ」

直截《ちょくせつ》な言い方をした。

おかみはそれで、わずかに顔を強張らせた。そのまま考えるふうを見せてから、口を開いた。

「藤太《とうた》っていうのがいますよ」

歳は楽之助とほぼ同じで、前は新川屋で雇われ船頭をしていた。博奕《ばくち》で儲けた金と借金で、古い百石積みの弁才船を手に入れた。それで新川屋を出て、荷運びを始めたのである。

「でもね、勝手に飛び出したんですから、うちじゃあ面倒は見ませんでした。そしたら案の定、あんまりうまく行っていないという噂を聞きました」

「なるほど。追い詰められていたら、盗んだ品だと分かっていても、運ぶかもしれないわけだな」

おかみは返事をしなかった。否定するつもりはないと、正紀は受け取った。

「それで藤太は、何処にいるのか」

「存じませんねえ。知りたくもないですから」

あっさり言われてしまった。

「奪った五村の米を奪うつもりならば、江戸にはいないでしょうね」

「そうだが、それを確かめておかねばなるまい」

植村の言葉に、正紀は返した。

「藤太の暮らしぶりを、知っていそうな者はいるか」

四人の名を挙げたが、その内の三人は現役の船頭だから、遠出をしていたら尋ねることはできない。ただあとの一人は老いて船を降りた者だというから、話を聞けそうだった。

隣の深川東平野町《ひがしひらのちょう》にある他の船問屋で、船着き場の掃除をしている者だとか。

「掃除の留《とめ》爺さんと言えば、すぐに分かります」

と告げられて行ってみた。

「留はおれだ」

浅黒い顔が、深い皺でおおわれている。黄ばんだ前歯が、一本欠けた爺さんだった。

「藤太ならば、三、四日くれえ前に会ったな。今は江戸にはいねえはずですぜ」

と応じた。

「どのような仕事か、話していたか」

「ええと。そうそう、危ねえ航路だが、銭になるとかいっていたな」

どこへ行くとは、告げなかった。

「房州《ぼうしゅう》の外海は、荒波で危ないぞ」

それを聞いた山野辺が、正紀に顔を向けて言った。これだけ聞けば充分だ。

「手間を取らせた」

山野辺のおかげで、手早く聞き込みができた。こうなると、早々に江戸を出なければと考えた。山野辺とは、仙台堀河岸で別れた。

屋敷に戻ると、すでに出立の支度は整っていた。正紀は旅姿に着替えた。

「これをお持ちくださいませ」

京が、井上家の黒餅に八つ鷹羽の家紋が描かれた印籠を正紀に手渡した。旅に出るとき、中に万病に効く丸薬を入れてくれるのだ。

この薬が縁で、前には桜井屋長兵衛夫婦と知り合った。

「おお、ありがたい」

京の気持ちだと思うから、お守り代わりに腰につけた。正紀が京の手を握ると、握り返してきた。いくぶん湿った手だった。

隠密裡の出立である。見送ったのは、佐名木と井尻だけだった。他の藩士には知らせない。

京と佐名木は、明日にも正紀が急の病に罹《かか》ったと、家臣たちに知らせるはずだった。

正紀と青山、そして植村は馬に跨った。笠を被り、裏門からそっと出た。すぐに裏門は閉じられた。

「行くぞ」

正紀が小さく声をかけると、三人は馬腹を蹴った。

高岡へは行かない。行徳まで船を使い、その後は東金御成《おなり》街道を東へ向かって走ることになる。最短の道を選んで、横田村の代官所を目指した。

二

大国主神社で上がる百姓たちの鳴り物の音や掛け声が、隣村の代官所へも聞こえてくる。すでに門前には、一人の百姓の姿もなくなっていた。

河島は曰く窓から、外の様子に目をやる。

「何もなかったようだな」

と言葉が漏れた。藁の一本さえ落ちていない。徒党を組み強訴はしているが、狼藉《ろうぜき》は一切なかった。引き上げたときには、門前の掃除までして去ったのである。

「何というやつらだ」

小藩とはいえ上士の家に生まれた河島は、勘定奉行などを経験したが実際に百姓と接することは少なかった。せいぜいが名主を含めた村方三役までだった。年貢納入にまつわる話をしただけだ。

一揆の対応をする立場になって、その生の姿の一端に触れた気がした。総右衛門が発したという「我らは野盗ではない」という言葉が、胸に染みた。

とはいっても、要求を鵜呑《うの》みにするつもりはない。できることとできないことは、はっきり態度で示さなくてはならない。

河島は代官所内の一室に、代官の大河原や須賀、その他の藩士を集めた。一揆の者たちが高岡陣屋へ向かうとすれば、代官所としてどう対処するか、意見を述べさせたのである。

最後に決めるのは河島だが、それぞれの考えは聞いておきたかった。長評定《ながひょうじょう》をするつもりもない。

「一揆の者どもはおよそ百七十名で、こちらは十名ほどでござる。押し留めるのは無理でござろう。行かせるしかありますまい」

と述べたのは、須賀だった。

「いたし方あるまい。ご世子様からのお指図も、藩士領民に怪我人を出すなというものでござった」

正紀の指図を盾に取り、陣屋に任せるという判断だ。

「逃げるのか」

須賀の言葉を受けて、口にした者もいた。

「何だと」

売り言葉に買い言葉、諍いになりそうになったが、これを「やめよ」と一喝して止めたのは代官の大河原だった。その上で、河島に顔を向けた。

「無駄でも、押し留めるのが筋かと存じまする」

「争うということでござるか」

　須賀が応じた。

「そうではない。諭すのでござる。それでも得物で襲い掛かってくるならば、武士としての覚悟を、百姓どもに見せねばなりますまい」

　大河原は腹を切るつもりか、と河島は考えた。しかし大河原は、そこまで言及したわけではなかった。たとえこちらが少数であっても、武士として力で応ずると言ったようにも受け取れる。

　主だった者が意見を述べたところで、河島は指図をした。

「一揆の者たちが陣屋へ向かうのを目前にして、それを座視することは藩で禄を食む者としてできぬことだ。しかし無用な刃傷沙汰《にんじょうざた》はあってはならぬ」

　ここで居合わせた者たちを見回し、そして続けた。

「大勢を前にしても、怯んではならぬ。伝えるべきことは、伝えなくてはなるまい」

「ははっ」

一同は頷いて頭を下げた。河島の命は、「力で応ずる」という部分を除けば、大河原の言葉と同じだ。須賀やこれに賛同した者たちは、受け入れるしかなかった。

阻止に出る者には、突棒や刺股を持たせた。それには刀は腰にあっても抜くなという意味をこめている。

河島と大河原は馬に跨った。配下を伴って、十名の家臣は代官所を出た。高岡へ向から街道へ出たのである。

鳴り物があるから、一揆の集団がどこにいるかはすぐに分かった。脇道を使って、一団の前に出た。行方を阻む形で、藩士たちは立った。

「わあっ」

「何をしやがるっ」

興奮した叫び声もあがった。

ここで大河原が、馬上で声を張り上げた。

「陣屋へ参っても無駄である。その方らの訴状は受け入れられぬ」

「直ちに村へ引き返すがよい」

代官所の手付が、言葉を重ねた。どちらも凜としている。数の多さに怯んではいない。須賀はこの場にいるが、声を上げることはなかった。

「うるせえ、前を開けろ」

「どかねえならば、突き飛ばせ」

中ごろから前に出てきた男が三人いて、怒声《どせい》を上げた。

「そうだ。代官なんざ、怖れるこたあねえぜ」

煽り立てる声にも聞こえた。この三人は、蓑笠をつけていない。途中から紛れ込んだ無宿者たちだと、馬上から見ていた河島は気がついた。

竹槍だけでなく、大槌を手にしている者もいた。

「おおっ、そうだ」

煽られた百姓たちが応じた。手にある得物を、上に突き上げた。

河島は、楽太郎や浪人の畑中の姿を捜した。青山から話を聞いていたので、どのような動きをするか確かめたのである。

「一番後ろにいるではないか」

いざとなったら、いつでも逃げ出せそうな場所だと思われた。

「さあ、どけっ。どかねえと、何も起こらないでは済まねえぞ」

年嵩の無宿者がそう言って、近くにいる足軽に竹槍の先を向けた。他の百姓たちも、竹槍の先を藩士に向け、鍬を振り上げた者もいた。鍬の先は、ぴかぴかに磨き上げられている。

大河原は、頑として動かない。

藩士たちも身構えた。ただ、得物の先を百姓たちには向けていない。河島の命が伝わっているからだ。

「やっちまえ」

無宿者の若い男が、目の前の足軽に向けて竹槍を突き出した。

百姓たちは掛け声は上げていても、実際に突き出すのに躊躇《ためら》いがあるらしかった。しかし煽っている無宿者に、迷う気持ちはないらしかった。

「な、何をする」

足軽は竹槍の一撃を、手にあった突棒で払い落そうとした。体も斜め後ろへ避けようとしている。だが相手の動きを見てからだったから、反応はわずかに遅かった。

竹槍の先が、その足軽の膝《ひざ》のあたりをこすった。力が加わっていたのか、足の踏しめ方が悪かったのか、足軽はそれで地べたに転がった。

「ううっ」

あっという間のことで、呻き声を上げた。

「おのれっ。手を出しおったな」

これで代官側の者が、いきり立った。手にある得物の先を、百姓たちに向けた。来るならば来い、といった構えだ。

「わあっ。もっとやれ」

と後ろの方の者が、喚声を上げた。あまりにもあっけなく足軽が転がったことで、勢いづいたのだ。

「やっ」

と竹槍が突かれ、それを藩士が刺股で撥ね上げた。腹を決めて立ち向かえば、得物を使った戦いでは、藩士の方が上手《うわて》だ。ただ多勢に無勢だ。

あちこちで小競り合いが起こり、百姓たちも負けてはいなかった。

「やめろっ。互いに引け。ここで争って何になる」

それまで口出しをしなかった河島が、声を上げながら争いの渦の中に入り込んだ。

「ひひん」といななきを上げて、馬が後ろ足立った。

馬も周囲の者たちの動きに、興奮したらしかった。傍にいる者たちは、慌ててそこから離れた。

「どうどう」

なだめたところで、河島は再び声を張り上げた。

「代官所の者に竹槍を突き出したのは、百姓たちではない。無宿者であった」

代官側を鎮めるために口にしたのである。しかし同時に、百姓たちも聞いている。

河島はさらに続けた。

「つまらぬことで早まってはならぬ。ここで諍いをして、何になるのか」

河島は繰り返し声を張り上げ、改めて百姓たちに聞かせた。周囲を見回して、驚いた。この時点では、すでに煽り立てていた三人の無宿者の姿がなくなっていた。筵旗の向こうに目をやると、集団のしんがりにいた楽太郎と畑中の姿も見えなくなっている。

「駒吉はどこへ行った」

「いねえぞ」

百姓の中から、声が上がった。それで代官所の者も、百姓たちの興奮も治まり始めた。

「得物を担え。このまま陣屋へ向かうぞ」

多七郎が叫ぶと、百姓たちは気勢を上げた。法螺貝や太鼓の音が響いた。

集団は、二頭の馬や代官所の者たちを避けて、前に進んでゆく。代官側は、百姓らを黙って見送らざるを得なかった。

「そろそろ、次のお指図があるころだな」

と河島は思っている。正紀や佐名木が、適切な指図を寄こすならば、命懸けで動くぞとその決意はできていた。

三

沖渡村の納屋は、大国主神社からそう遠くない田圃の外れにあった。軍兵衛は一揆の一団を見送ってから、文次郎という初老の百姓と納屋の前に移動した。

「錠前は、かかっているぜ」

二人で施錠がなされていることを確認した。鍵は名主の多七郎が持っている。壊さない限り、軍兵衛にも文次郎にも開けられない。

鳴り物や掛け声は、いつの間にか遠く離れた。こうなると、もう村の者たちに何が起ころうと分からない。

文次郎は、扉の前の石段に腰を下ろした。

「楽な役割になって、助かったよ」

そんなことを口にしてから、すぐにこっくりし始めた。疲れがたまっていたのかもしれない。

軍兵衛は立ったまま、刈り取りの済んだ田に目をやった。雀が空で鳴いていて、他の物音はない。農閑期の長閑《のどか》な村の姿だが、軍兵衛は落ち着かない気持ちだった。

「何事もなく済むわけがねえ」

と考えているからだ。文次郎のように、居眠りをする気になどならない。

そのまま一刻ばかりが過ぎた。背後に人の気配があって、軍兵衛は振り返った。

「ああ、やっぱり」

現れたのは、楽太郎と畑中だった。二人の顔を見て、どきりとしている。

どきりとしたのは、姿を現したからではない。二人にある眼差しや、体全体から湧き出る荒々しさとふてぶてしさ、気迫といったものだった。その根に、悪意が滲んでいる。

これまで目にしていた姿とは、似ても似つかない悪相だ。

人の気配で、文次郎が目を覚ました。

「おや、楽太郎さん」

あくびを一つして、文次郎はのんきな声で言った。その文次郎に、畑中が近づいた。

「ちと、付き合ってもらおうではないか」

強引に腕を引いた。何事だという顔で、文次郎は連れられてゆく。これまでにはなかった扱いに、目を白黒させていた。

その姿が見えなくなったところで、楽太郎は口を開いた。

「ここに入っている米を、頂戴しようと思ってね。どうだね、おれたちに力を貸さねえか」

物言いも、今までと全く違っている。やくざ者が、堅気の者を脅すような口ぶりだった。

「こ、この米は、年貢米に、するものだ」

やっとの思いで、軍兵衛は口を開いた。背筋が震えたのが分かった。驚きというよりも、胸を駆け抜けたのは恐怖だった。

年貢米を奪おうなどというとてつもないことを、どうしてできるのか。しかもその仲間に、自分を加えようとしている。耳を疑うような話だった。

「村の者たちは、どうせ陣屋へ行ったって、埒はあかねえぜ。藩は訴状の中身など、これっぽっちも譲る気はねえ。おめえのように先頭に立った者は、死罪になるのがおちだ。年貢米と貸米をしっかり取られて」

一揆を起こすに当たって、当初先頭に立っていたことまで知っている。たまたま出会って「義によって」仲間に加わったのではないと、今の言葉で気づかされた。麦俵を運び込んだ理由が、村の者を手懐けるための手立てだったと、ようやく分かったのである。

体にある血が一気に吸い取られた気がして、ぐらつきそうになる体を支えるために足を踏ん張った。それでも足の震えが、抑えきれない。

「どうだい、手を貸せばたっぷりの分け前をやろうじゃねえか。おれたちの仲間になれば、田圃や娘を売らなくて済む。もうちっとまともな食い物を、腹に入れられるぜ」

「そ、そんなまねなんて」

「案ずることはねえ。女房や子ども、親を連れて村を出ればいい。用意した船に乗せてやろうじゃねえか。たっぷりの分け前を受け取って、江戸でやり直せばいいんだ」

悪鬼の言葉にしか聞こえなかった。

軍兵衛は後ずさった。頷けるような話ではない。誰かに気づかれたら、自分だけでなく、家の者すべてが生きていけなくなる。

「そうかい、やる気はねえかい」

楽太郎は、嘲笑《ちょうしょう》を口元に浮かべて、言葉を続けた。

「おれはおめえが、麦一升を持ち出したとき、腹を決めたと思ったぜ。そうじゃなけりゃあ、あんなことができるわけがねえ。おめえはあのときから、仲間を裏切っているんだ」

もう声も出ない。身動きもできなかった。

布袋を持って目の前に現れ、麦を詰め込んだ。それを押し付けてきたのは、こういう魂胆があったからに他ならなかった。

息苦しくなって、口で息を吸った。

「さあ、どうなんだ。嫌だってえならば、これから村の者たちのところへ行って、麦一升を奪ったことを、知らせてこなくちゃならねえ」

これまでの楽太郎とは、似ても似つかない姿だ。睨みつけられ、脅されている。

ただそれでも、軍兵衛は頷くことができなかった。

「こうなったら仕方がない。腹をくくるしかない……」

胸の内で呟いた。楽太郎の言うことを聞いても、どうせこれからも、何かあるたびに脅される。

今ならば、自分が責められるだけで済む。最悪の場合でも、自分が命を絶てば、女房や子どもは生きていけるだろうと思った。

そこまで割り切ると、少しだけ気持ちが強くなった。歯向かう覚悟ができたのである。

だがここで、楽太郎は袂から子ども用の下駄を片方取り出した。古い下駄で、すっかり擦り切れている。鼻緒は泥と垢で黒ずんでいるが、元は朱色だったとかろうじて分かった。

軍兵衛はその下駄に、見覚えがあった。上の娘のお梅が履いているものだった。

「ど、どうしてそんなものが」

いきなり冷水を浴びせかけられた気持ちになった。心の臓が、びくりと飛び跳ねた。

「この子らを、預かっている。米を奪った後は、一緒に江戸へ連れて行く。向こうで売り飛ばすことにしようじゃねえか」

「まさか」

聞いた直後は、真《まこと》のこととは信じられなかった。しかし楽太郎ならば、やるだろうと思った。

「ついてこい」

と言われて、後について行く。古くなって今は使われていない農具を入れる小屋があって、楽太郎はそこへ顎をしゃくった。

壁の隙間を指差されたので、中を覗いた。薄暗がりの中に、縛られた三人の子どもの姿が見えた。声を上げる気力もない様子で横たわっている。

その中の一人が、お梅だと分かった。

「ああ」

軍兵衛は言葉を呑んだ。横たわるお梅の目から、涙が溢《あふ》れているのが見えたからだ。己を支えていたものが、これで一気に崩れた。

「どうだ、ようやくその気になったか」

そう質《ただ》されて、頷くしかなかった。

「仲間に入ったら、子どもは返してくれるのか」

「ああ、用が済んだらな。一緒に江戸へ行けばいいじゃねえか。言われたことさえしていりゃあ、餓鬼を売るような真似もしねえさ」

冷ややかな顔で、楽太郎は応じた。

そこへ足音が聞こえた。見ると庄吉ともう一人の百姓が、三人の無宿者に連れられてやって来たのだった。

どきりとしたが、顔を背《そむ》けるわけにはいかなかった。しかし軍兵衛も庄吉も、声を掛け合うことはできなかった。

「さあ、覗いてみねえ」

無宿者の駒吉が、邪険に庄吉の背中を押した。気さくに見えた三人の無宿者たちも、今は破落戸《ごろつき》そのものに変貌していた。

軍兵衛は小屋にいる子どもが、自分の娘と他の百姓の子だと見当をつけた。

楽太郎らはどこまで一揆の者たちと一緒に出掛けたか分からないが、途中で戻って来たのである。子どもを攫《さら》うなど、わけなくできたことだろう。小屋へ押し込めてから、自分や庄吉たちに、声をかけてきたのだと悟った。

どうやっても悪事から抜けられないように、事を運んできたのだ。

隙間から小屋の中を覗いた庄吉ら二人も、肩を落とした。仲間になって、盗みをするのを受け入れさせられたのである。

「何で、おれや庄吉を選んだんだ」

軍兵衛は楽太郎に問いかけた。百姓は、他にもいくらでもいる。なぜ自分なのかと気になったのだ。

「おれは、村の様子に詳しい侍から聞いたんだ。おめえらが村の小前の中では、一番追い詰められているってな」

代官所か郷方廻りの中に、楽太郎の仲間がいることになる。これも衝撃だった。

「それにしても」

村で一番苦しくて困っている者、弱い立場にいる者が狙われた。それが自分だということが、ただただ悔しくて涙が溢れそうになった。

「ならば行くぜ」

楽太郎が言った。無宿者三人と軍兵衛ら村の者が三人。一番体格のいい八造が大槌を担っていた。

最初に行ったのは、沖渡村の納屋である。そこには畑中がいて、文次郎は縛られて地べたに転がされていた。縛られる前に相当に痛めつけられて、気絶させられている気配だった。

軍兵衛は見ていられなくて、目をそらした。

やや離れたところに、荷車が置かれてあった。六台あって、納屋の前に運ぶように命じられた。どれも十俵以上積める大ぶりのものだった。

「じゃあ、やるぜ」

大槌を手にした八造が、門扉の前に立った。

四

正紀と青山、そして植村の三人は、馬と共に船に乗って行徳まで行った。桜井屋が使う塩船に、乗り込んだのである。

江戸《えど》川を上り下りする大小の弁才船が、ひっきりなしに通り過ぎて行く。河岸場には、塩問屋や醬油問屋を始めとする間口の広い問屋が並んでいる。桜井屋はその中の一軒だが、今回は立ち寄らない。

塩船から降りた三人は、すぐに馬に飛び乗った。正紀は笠を被っただけでなく、顔に布を巻いている。馬腹を蹴って、駆け出した。

木颪《きおろし》街道ではなく、船橋《ふなばし》宿に出る。東金御成街道をひたすら東へ向かって山辺郡の東金まで走る。これが武射郡横田村の代官所へ向かう、江戸から一番の近道だった。

この街道は、徳川家康《いえやす》が鷹狩りをするために慶長《けいちょう》十八年（一六一三）に造られた。非常に短期間で完工したことから『一夜街道』とも呼ばれていた。船橋から東金まで九里強（約三十七キロ）の道のりだ。

正紀と植村は、初めて行く街道である。船橋では、馬に水を飲ませるために休憩した。

「ここには、将軍家のお鷹狩りのための休憩所として、船橋御殿があります」

この道を通ったことがある青山が言った。

長い休憩は取らない。再び馬に跨る。

真っ直ぐな道だった。街道は防備のため曲がりくねって作られる場合が多いから、ほぼ直線で造られた道は、正紀にしてみれば驚きだった。道幅は三間で、両側には松が植えられ、小川には橋が架かっている。谷間には土手が築かれていた。

「さすがは将軍家が使う街道だ」

調えられた街道の様子に、正紀は走りながら感心した。

その将軍家の鷹狩りの場に近い高岡藩の領地で、一揆が起こっている。幕閣が関心を向けるのも分かるし、老中水野や信明が厳しく取り締まれというわけも理解できた。

九里の道のりは、馬でもさすがに遠い。何度か休みを入れて、夕暮れどきになってようやく沖渡村へ着いた。

村は不気味なくらい、しんとしている。三人は代官所へは行かず、大国主神社へ行った。

「誰もおりませんね」

拍子抜けした顔で、植村は言った。

「村の方々は、高岡陣屋へ向かいました」

神社の神官に問いかけると、そういう返事があった。境内を見回すと、掃除が行き届いている。ここに一揆の者たち百七十名がいたとは思えなかった。

境内は、何事もなかったかのように整然としている。

「礼儀正しいではないか」

自然に言葉が出た。

百姓たちの心は、荒《すさ》み切っているのではない。ただそれだけに、要求は必死なのだと正紀は感じた。

ここで三人は、代官所へ足を向けた。門扉《もんぴ》は閉じられている。

正紀は代官所には入らない。たとえ高岡藩士であっても、顔はできるだけ見られないように気を使った。

青山が門を叩いて、中に入った。単身江戸から戻って来たという形にして、今に至った内容を聞き取らせることにした。

街道で変事が起こっているならば、その知らせも入っているはずだった。

「どうだった」

しばらくして代官所から出てきた青山に、正紀は聞いた。

「河島様たちは、一度は一揆の者たちを思い留まらせようとしたそうにございます」

話を聞いてきた青山は、まずそう告げた。

無宿者の一人が足軽に怪我をさせて騒ぎを大きくし、河島が間に入ったことや、その後すぐに、楽之助ら五人が姿を消したことなどを聞いた。

「河島様は、家臣二名と須賀を供にして、一揆の者たちの動きを追っております」

代官大河原や三名を除いた家臣は、代官所へ戻ったのである。もちろん高岡陣屋へは、状況を伝える足軽を走らせていた。

「代官所として、一揆の通行を座視しなかったのはそれでよかろう。足軽の怪我が大きなものでなかったのは、何よりである」

正紀の言葉に、青山も植村も無言で頷いた。

ただ一揆の者たちが高岡陣屋へ行ったところで、解決がつかないのは明らかだった。城代家老の児島は、己の判断を下さない。自ら動くこともない。江戸からの指図があるまで、門扉を閉ざして時が過ぎるのを待つに違いなかった。

「いかがいたしましょうか」

青山が正紀の指図を仰いだ。

「村の者たちを追いかけて、多七郎など主だった者と対峙《たいじ》をして落としどころを探るしかあるまい」

陣屋前に一揆の者たちを長く置くのは、得策ではない。足軽と揉めるような出来事が起これば、大惨事になる可能性もある。

「問題は、一揆の頭取の処罰をどうするかだと存じます」

「そうだな」

要点は、青山の言うとおりだ。

百五十俵の貸米は、すでになしとしてもいいと伝えていた。藩としてはこれ以上は譲れない。一揆の頭取は死罪で、一族のすべての者の領外追放といった処置が必要だ。

しかしそれでは、村の者たちは納得しない。百姓たちは、頭取には自分たちのために先頭に立ったという正義があると考えている。だから車連判状を作り、守ろうとしたのだ。

「難しいところだ」

ため息が出かけたが、弱気になっている場合ではなかった。とにかく、ぶつかってみるしかないと思った。

「では、追おう」

三人は馬に跨った。周りには田圃と農家、雑木林があるばかりで、人の気配はまったくない。

少し進んだところで、いきなり幼い男女の子どもが飛び出してきて、正紀は馬を止めた。

「危ないではないか」

と声をかけた。十歳くらいを頭にした男の子三人と、五歳ほどと思われる女の子の四人だ。どれも痩せた貧し気な身なりをしている。不安げな怯えた目を向けてきた。

下の女の子は、年上の男の子の手を握って半べそをかいている。

「ごめんなさい、姉ちゃんを捜していたんです」

年長の男の子が言った。他の者たちが頷いている。四人は兄弟らしかった。すでに薄闇が村を覆っている。日も西空に落ちかかっているところだった。

「いつからいないのか」

「夕暮れになる、ちょっと前からです。ずうっと、帰ってこねえから」

「おいらは、ね、姉ちゃんが、お侍に連れていかれるのを見たんだ。こ、こわかったからさ、兄ちゃんに知らせたんだ」

七歳くらいの男の子が、兄の言葉を補った。兄弟はそれで、捜し始めたらしかった。

ところがどこにも見当たらない。

「さらわれちまったんだ」

下の娘が、泣き始めた。

「父親はどこにいるのか」

「おとうは、村の年貢米を入れる納屋の番をすることになったんだけど、行ってみたらいなかった」

一揆の仲間に加わっている者の子どもだと分かった。父親は、沖渡村の軍兵衛という者だそうな。一同が陣屋へ行くにあたって、納屋番に残った者だと察せられた。

しかし軍兵衛なる者は、納屋の周辺にはいなかった。

「それでその方らだけで、姉を捜していたわけだな」

「は、はい」

年嵩の子が言った。母親には、まだ伝えていないという。自分たちで、捜そうとしていたのだ。

「納屋番が、納屋の傍に一人もいないのは、おかしな話ですね」

植村が言った。

「姉を連れて行った侍は、代官所の者か」

そんなはずはないと思いながら、聞いている。

「一揆の村の人たちの中にいた、お侍です。竹槍の稽古をつけているのを、見たことがあります」

「ほう」

楽之助の仲間の浪人者だと見当がついた。

「捨て置けませぬな」

青山が言った。一揆の動きも気になるが、何かが起こっているのは間違いがなかった。楽之助は、高岡藩の年貢米を狙っていると踏んでいた。

「よし。納屋へ行ってみよう」

子どもらを馬に乗せた。案内をさせて、納屋へ向かった。

「確かに、誰もおらぬな」

納屋の前で馬から降り、あたりを見回した。人の気配はまったくなかった。子どもが訪ねてきたときもいなかったというから、小用を足しに行ったのではなさそうだ。

「こ、これは」

植村が声を上げた。納屋の扉を指さしている。その先を見て、正紀も声を上げた。

「錠前が、壊されているではないか」

扉は閉められている。しかし錠前は、見事に叩き壊されていた。

正紀は扉に手をかけて、ゆっくり開いた。心の臓が、どくどくと音を立て始めている。

「ああっ」

扉を開け放って覗く。暗がりだが、中の様子は分かった。がらんとしていて、一俵の米俵も入ってはいなかった。米のにおいがするだけだ。

「な、何ということだ」

青山が、驚愕した声を上げた。予想はしていたが、見事にやられてしまったことになる。

そして縛られた初老の百姓が、床に転がされていた。

「おい、しっかりしろ」

縄を解いてやって、問いかけた。

「楽太郎と、その仲間のやつらにやられたんだ」

初老の百姓はそう言った。

五

正紀や植村たちが沖渡村の納屋前にいた頃、軍兵衛や庄吉は横田村の納屋にいて米俵を運び出していた。

無宿者三人のうち一番怪力の八造が、木槌を振るって頑丈な錠前を壊したのである。一度では壊れなかったから、何度も繰り返した。

錠前を開けるのではなく、周囲の金具ごと叩き壊すのだ。がしりと響く音が、そのまま軍兵衛の胸を押してくる。「やめろ」と言えない無念に体が震えた。

冷夏の中で、百姓たちがやっとの思いで拵えた米が、いきなり現れた闖入者《ちんにゅうしゃ》によって理不尽にも奪われようとしている。こともあろうに自分は、手先となってそれを手伝っていた。

三度目、鈍い音と共に錠前と金具が飛び散った。

「おう」

楽太郎や駒吉らが、声を上げた。

その錠前が弾け飛んだ際の音と振動が、軍兵衛の心を打ち砕いた。庄吉ももう一人の百姓も、呆然としてその様子を見ている。

「おれは生まれ育った村を、売ったんだ」

自分で自分を責めることしか、できなかった。

「戸を開けろ」

楽太郎が言うと、軍兵衛や庄吉ら三人の百姓が扉を開ける。今やこの三人は、盗人の中で一番の下っ端になっていた。畑中や無宿者たちが、睨《にら》みつけている。

「さっさと運べ」

命じられて、納屋の中に入る。もたもたしていると、駒吉や才助から足蹴《あしげ》を食らう。

そうやって、沖渡村から百十俵の米を運び出した。その中には、軍兵衛が育てた米も入っていた。

横田村の納屋には、二百俵あまりが入っているはずだった。

手前にある俵から担ぎ上げる。ずっしりとした重みが、肩を押してきた。これには軍兵衛ら百姓だけでなく、三人の無宿者や畑中も加わった。外の荷車に積み上げて行く。

無宿者たちも、元は百姓だ。手慣れた動きだった。

「こりゃあ、お宝の山だぜ」

「江戸へ運んだら、一俵いくらで売れるんだ」

駒吉や才助らが、興奮を隠さない声で喋っている。軍兵衛ら三人の百姓は、黙って運んだ。

同じ動作を繰り返していると、汗と一緒に涙があふれ出てくる。拭っても止まらない。軍兵衛は誰とも目を合わさないようにして運んだ。

荷車は五台、おおむね十六俵だが二十俵以上積んだものもあった。合わせて九十俵弱の米俵が積まれると、荷車は動き始める。

向かう先は、九十九里浜に流れ出る境川河口にある船着き場だった。ここに百石船が停まっている。

「残すのは、惜しいぜ」

楽太郎が口にすると、畑中が当然だという顔で頷いた。もう一度荷車を空にして、ここへやって来る算段だ。十六俵を積んだ重い荷車を駒吉が引き、畑中が後ろから押した。

荷車に積んでも、十六俵は重い。渾身の力をこめると、やっとごろごろと車輪が動き出した。

浜までは、やや距離がある。畦道を、車軸の軋み音を耳にしながら進んでゆく。

刈り取られた田圃が、一面に広がっている。すっかり朱色になった夕日が、背中から田圃を照らしていた。

軍兵衛は四月からの天候不順のことを思った。村人は、少しでも被害を少なくしようと必死で野良仕事に当たった。だからこそ、領内では他の村よりも、ましな収穫ができた。

しかし藩はそれをよいことに、百五十俵もの貸米を五村に求めてきた。村人の怒りは、頂点に達したのである。

小前とはいっても、食べるのにぎりぎりだった軍兵衛や庄吉は、貸米に応じたら、間違いなく娘か田圃を売らなくてはならない。先頭に立って一揆に加わったのは、この土地で家の者と共に百姓を続けたかったからだ。

「それなのに、おれは……」

奪った米俵を運ばされている。庄吉ももう一人の百姓も、同じように張り裂けそうな気持で荷車を引いているのだろう。

高岡藩に婿入りした若殿様は、水害を受けそうな村のために堤普請に命を懸けたと聞いた。

「おれたちを、助けちゃあくれねえのか」

そんなことも考えた。

広い九十九里浜には、いくつもの川が流れ込んでいる。九十九里平野のほぼ中央を流れているのが境川だった。河口には漁村もあるが、そこからはやや離れたところに、古い百石船が停まっていた。

すでに西空の日は落ちる寸前で、赤黒い光が船体を照らしている。

「おお、来ているぞ」

楽太郎が、昂《たかぶ》りを抑えた声で言った。沖渡村の米を運んだときには、まだ荷船の姿はなかった。だから船着き場近くにある粗末な物置場に、米俵を入れていた。

川べりには道があるが、砂が多くて重い荷車は運びにくくなる。途中で荷車を止めて、担って船着き場付近へ一俵一俵を運ばなくてはならなかった。

砂で滑りやすい道を、足を踏みしめて担った俵を運んで行く。

「急げ、ぼやぼやするな」

畑中が急かせた。

「わあっ」

足を滑らせた庄吉が、俵を担ったまま尻餅《しりもち》をついた。

「間抜けめっ」

罵った畑中は、庄吉の尻を蹴った。庄吉は痛みに顔を顰《しか》めさせながら立ち上がった。米俵を担い直す。

荷車と船着き場の間を、何度行き来したか。すでに日は落ちている。船着き場の傍で薪《まき》を燃やし、これを明かりにした。九十俵近い米が運ばれて、荷車は空になった。

「よし。残りの米も運ぶぞ」

楽太郎が言った。

「その米を運んだら、え、江戸へ出るわけですね」

軍兵衛は確認した。我知らず下手に出た言い方になっていて、情けなかった。

「そうだ、すぐに出る。長居は無用だからな。もたもたするな」

「じゃ、じゃあ、こ、子どもと、かかあ、おふくろを船に一緒に乗せてもらえるわけで」

絞り出すような声で言った。

米を奪ったことは、いずればれる。自分だけが裁かれるのでは済まない。親も女房も子も、この地では生きていけなくなる。ならば共に、村を出るしかなかった。

この話は、初めに楽太郎もしていた。

「そ、そうだ。そうしてくれ。かかあと、他の子どもを、呼びに行かせてくれ」

庄吉も、楽太郎に言った。皆、同じ気持ちだと分かった。

捕えられていた子どもは、荷運びをしている間に、楽太郎がここの小屋に移している。人質は傍に置いておくという周到さが楽太郎にはあった。

しかし人質ではない女房や他の子ども、母親は家にいる。米俵を積んだならばすぐに船出をするとなれば、残った家の者はここへ呼べない。

出るも残るも地獄だが、家の者をそのままにして村を出ることなど考えられなかった。

「うるせえ。ががたたぬかすな。てめえらは、米俵を運べばいいんだ。さもなければ、小屋にいる餓鬼どもを、売り飛ばすぞ」

そのやり取りをしているうちに、荷船から数人の水手《かこ》が船着き場へ降りてきた。

「どうした」

と水手の一人が問いかけている。

「百姓どもが、四の五の言い出しやがった」

「面倒臭せえな。やっちまえ。米さえこちらの手に入ったら、どうせ百姓なんざ、用済みだ。残りの米は、おれたちで運ぼうじゃねえか」

船頭らしい男が出てきて、そう言った。

「くそっ」

荷を運び終えたならば殺されると、今の言葉で軍兵衛は察した。しょせんは信用などできない悪党どもだった。

ならば歯向かうしかないと思った。足元に、古くなった櫂《かい》が落ちている。軍兵衛はこれを拾った。庄吉は棒切れを、もう一人の百姓は近くにあった傾いた杭を引き抜いた。

三人とも、追い詰められたうえでの決断だった。

「ふん、往生際の悪いやつらだ」

そう言って前に出てきたのは、畑中だった。腰の刀を引き抜いた。焚火の炎が、悪鬼の顔を赤く照らしている。

命を奪おうとする、気迫のこもった眼差しだった。

三人は、固唾を呑んだ。竹槍の指導をしていた畑中の腕は、百も承知だ。三人が束になっても、打ち負かすことなどできない。

畑中が、じりりと前に出た。無宿者や水手たちも、逃げ道を塞ぐように、遠巻きに囲んだ。絶体絶命といっていい状況だった。

六

「お、おれを縛り上げたのは、畑中だ」

縛っていた縄を、正紀は解いてやった。初老の百姓は、それでようやく事情を口にした。

軍兵衛と番をしているところへ、楽太郎と畑中が現れた。初老の百姓は畑中に納屋の裏に連れていかれ、米俵を奪う手伝いをしろと命じられたという。

「こ、断ったらよ、殴る蹴るされて、気絶させられた。気がついたときには、空になった納屋の中に転がされていた」

「軍兵衛はどうしたのか」

「し、知らねえ。荷運びをやらされているのかもしれねえ」

娘を人質に取られていたら、手伝わざるを得ないだろう。

「運び出された米俵は、船でしょうね。どこに停まっているのでしょうか」

植村が言った。九十九里浜は広い。しかもすでに日は、西空に落ちかかっている。

土地勘のない三人では、捜しきれるとは思えなかった。

「海べりで、百石積みの荷船を停められる場所はあるか」

「この近くならば、境川の河口近くに船着き場がある。他だと、遠い」

「そこだ、そこへ行こう」

老いた百姓は怪我をしている。子どもたちに、近所の百姓の家へ知らせるように話した。

「父親と姉は、必ず捜し出してやるからな」

正紀が子どもたちに告げると、大きく目を見開いた上の男の子が頷いた。半べその他の子どもたちも頷いている。

正紀と植村、青山の三人は、馬に跨った。九十九里浜に向かって、馬を走らせたのである。

背後にある夕日が、すぐに沈んだ。闇の畦道《あぜみち》を駆けていると、徐々に潮のにおいが濃くなってゆくのが分かった。

「境川はどこか」

途中にあった農家に寄って確かめた。境川は利根川のような大河ではない。しかし百石船程度ならば、すれ違えそうな川幅があった。

土手に出て、河口に向かって走った。

潮騒が、馬に乗っていても耳に入ってくるようになった。境川の河口とおぼしいあたりには、家の明かりが見える。これを目指した。百石の船は、人の住むあたりにはないだろうが、そう遠くない船着き場にはいるだろう。それを頭に入れて、目を凝《こ》らした。

「おお。あのあたりに、荷船が見えますぞ」

青山が声を上げた。

焚火らしい小さな明かりがあって、荷船が停まっている。大きさからして、百石ほどの荷船に見えた。

「何やら、人の姿が見えます。争っているのでしょうか、刀を抜いている者もおりますぞ」

植村が言った。

「うむ。三人ほどの者を、襲っているかに見える」

馬の尻に鞭を入れた。何があるのかは分からないが、奪われた米俵に関わることだろうとは思った。

近寄ると、人の姿が焚火の炎で見えるようになった。攻められているのが、百姓ふうの三人の男だ。男たちの周辺には、米俵が積み上げられている。

腕を叩かれた男は、手にした棒切れのようなものを飛ばされ、脇から櫂で突かれて尻餅をついた。

「楽之助や畑中、それに一揆に加わっていた無宿者の姿も見えます。襲われているのが、軍兵衛らではないでしょうか」

このままでは殺される。軍兵衛らは死に物狂いで歯向かっているが、多勢に無勢で、相手にならない。いたぶられているようにさえ見えた。

子どもを人質に取られている。にもかかわらず争いになっているのは、軍兵衛らにとっては、堪え難い何かがあったからだろうと見当がついた。

「待てっ」

正紀は声を上げた。軍兵衛らを死なせてしまうわけにはいかない。かけがえのない、高岡藩の領民だ。

馬蹄音は、向こうの者たちにも聞こえたらしかった。何人かの者たちが、軍兵衛らへの攻撃をやめて、こちらに顔を向けている。

「侍だ。高岡藩のやつらじゃねえか」

そう言った者もいた。明らかに、思いがけない正紀らの出現に驚いたらしかった。

傍まで行った正紀らは、馬から飛び降りた。船着き場には、百俵近くはあると見られる米俵が積まれている。沖渡村だけでなく他の納屋から奪われた米もあると思われた。

軍兵衛らの命を狙っているだけではなかった。

「野盗めっ。許せぬ」

正紀は、腰の刀を抜いた。青山や植村も同様だ。水手らしい者を含めた十数名の者たちの中に躍り込んだ。

百姓たちを守る形だ。

すると正紀の前に、浪人と思《おぼ》しい三十前後の侍が出てきた。問答無用の一撃を、脳天めがけて振り下ろしてきた。

「くたばれっ」

気迫と勢いがこもっている。流派は分からないが、剣術の基本を身につけたそれなりの腕前を持った者だとは分かった。

正紀は、相手を殺すつもりはない。捕えて米横取りの詳細を白状させるつもりでいる。だから刀は峰に握っていたが、油断はしていなかった。

振り下ろされてくる刀身を、前に出ながら鎬《しのぎ》で払った。相手は剛腕で、わずかに手が痺れた。

しかしそれで、何もしないというわけではない。払った後の刀を、向こうの胴へ向けて突き出した。至近の距離だから、打てると見込んでいた。

しかし切っ先は、空を突いただけだった。

目の前にあった相手の体は、一瞬のうちに真横に飛んでいる。驚くべき瞬発力といってよかった。

正紀は、さらに前に出る。次は大きな動きにはしない。姿勢を崩さず、相手の肘《ひじ》を狙って突いた。しかし向こうも、こちらの攻撃を待っているわけがなかった。

大きく回り込んで、角度を変えて一撃を繰り込んできた。

「やっ」

正紀は瞬間に、身を引いている。五感が追撃を予測していた。

相手の動きには無駄がないから、速かった。こちらの袖を斬られた。それで二つの体は、分かれた。

互いに正眼に構えて対峙した。一刀足《いっとうそく》の間合いの中にいる。

「きさま、やるではないか」

相手は闘志を燃やしている。興奮と気迫が伝わってきた。

「畑中。命を懸けた百姓の米を奪うなど、許せぬ悪行だ。そのような者を、天はお許しにならぬぞ」

「うるせえ」

踏み込んできた。喉元を狙っている。正紀の言葉に怒りを感じたようだ。これまでにない勢いになっていた。

しかし腹を立てさせたのは、正紀の策略だ。怒りは切っ先のぶれになって現れていた。

集中力を欠いた剣ならば、いくら勢いがあっても恐れるに足らない。次の動きに移るとき、必ず微かな遅れが出る。反応が鈍くなるからだ。

「たあっ」

畑中の一撃を撥《は》ね上げた正紀は、目の前に出ていた二の腕に向けて切っ先の角度を変え、そのまま押し込んだのである。

肉を裁《た》つ、確かな手応えが掌にあった。

「ううっ」

呻き声とともに、相手の持つ刀が手から零《こぼ》れ落ちた。正紀の切っ先が、二の腕を深く突き刺していた。

正紀は動きを止めず、そのまま相手の太腿《ふともも》に峰で一撃を加えた。容赦はしていない。

骨の折れる音がはっきり聞こえ、畑中は苦悶の表情を浮かべて前のめりに倒れた。

ここで正紀は、周囲を見回した。相手の数は多かったが、青山も数人の無宿者や水手を倒していた。植村も負けてはいない。

この段階で、明らかに形勢は逆転していた。

だがここで楽之助が、縛り上げた娘を抱えながら物置小屋から出てきた。喉元に匕首《あいくち》の切っ先を突き立てている。

「刀を捨てろ。餓鬼の命はないぞ」

と叫んだ。目が吊り上がっている。

「お、お梅」

軍兵衛が悲鳴のような声を上げた。

「卑怯なやつめ」

激しい怒りが、正紀の全身を駆け巡る。しかしこの場では、どうすることもできなかった。

「早くしろ」

と急かされて、砂の上に刀を置くしかなかった。

水手や怪我をしていない無宿者たちが、楽之助の傍に駆け寄った。

「動くな。動けば、餓鬼は必ず死ぬぞ」

正紀らは、身動きができない。娘を抱えた楽之助は、船に乗り込んだ。無宿者や水手たちは、近くにあった米俵を一俵ずつ担って船に運んだ。

それを三度繰り返したところで、出航の支度ができたらしかった。

船は闇の九十九里の海に、漕ぎ出した。船体が波に揺れている。しかしそれで、百石船がどうにかなるとは思えなかった。

「お梅」

軍兵衛が、船着場まで出て名を呼んだ。

正紀は、すでに砂に置いた刀を拾い上げている。おめおめ見送るつもりはない。船着き場へ駆け寄った。青山や植村も、これに続いている。

「おお。小舟があるぞ」

「これで追います」

「よし。そうしよう」

十数俵の米を奪われたが、それよりも娘の命の方が大切だった。

「その方は、畑中らを縛り上げて、ここで待て」

と植村に命じて、正紀は舫《もや》ってあった小舟に乗り込んだ。共に乗り込んだのは、青山と軍兵衛だった。

艪を握ったのは青山だ。小舟は海に漕ぎ出した。

しかし……。九十九里の荒波が、いきなり襲ってきた。

境川から海に出たとたん、ばさりと水を浴びた。前に進むどころではなかった。小舟は木の葉のように揺れて、船端にしがみついていないと、海面に投げ出されるところだった。

舟ごとひっくり返っても、おかしくはないような大波だった。

青山は、もう一度海に出ようと試みた。だが次の波が、押し寄せてきた。

正紀は闇の海面に目をやっている。逃げて行った百石船の行方を目で追っていた。船は銚子方面に向かったのは間違いないが、すでに闇の海上に紛れこんでいた。

外海に慣れない者が、小舟で追えるとは思えなかった。

「無理だ。このまま出れば、瞬く間に海の藻屑となるぞ」

正紀は告げた。それは青山も感じたらしかった。船着き場へ、舟を寄せた。追跡は、諦めざるを得なかった。

軍兵衛が啜り泣いている。その声が、正紀の胸に響いた。

第五章　家紋の印籠

一

九十九里浜の波の荒さは、江戸の海とは比べ物にならない。悔しいが、闇に紛れた百石船を、慣れない漕ぎ手の小舟で捜すのは、無謀なこととしか思えなかった。

十数俵の米が奪われたが、それよりも十二歳の娘の行方が正紀には気になる。しかしどうすることもできなかった。

「一揆の者たちも、こうしている間にも高岡陣屋へ近づいておりますぞ」

青山が言った。そちらも捨て置けないと言っている。とはいえ娘がどうなってもいいと思っているわけではない。

「うむ。楽之助と須賀は、近い姻戚関係にある。船は銚子方面に向かったが、二人は

「必ずや繋ぎを取るであろう」

「はい。その折を捉えて、奪い返しましょう」

正紀の言葉に、植村が応じた。他に辿り着く道はない。

「よし。そういたそう」

畑中や船で逃げられなかった者たちは、すでに浜に残っていた植村の手によって、すべてが縄をかけられていた。軍兵衛や庄吉らにも手伝わせて、代官所へ運ぶことにした。

「三人の百姓は、子どもを人質に取られ、やむなく米の搬出を手伝わされた。しかし米俵を船に載せるにあたって身を挺して抗《あらが》い、これを最小に留めた」

そういう形で、大河原に伝えるように、正紀は青山に伝えた。運ばれた米俵は、代官所の者が、鍵のかかる他の納屋へ入れる。

「これならば、軍兵衛らは米盗人の仲間ではなかったことになりますね」

植村が言った。三人の百姓を救う手立てといってよかった。

「では、おれたちは、一揆の者たちを追うぞ」

正紀と植村は、後を青山に託して、馬に跨った。高岡へ向かう一揆の者たちの、後を追う。経路については、軍兵衛らからも確認した。

すでに深夜だが、それにはかまわない。昼夜厭《いと》わず移動を続けているならば、一団は相当に進んでいるはずだった。

焚火の薪を一本ずつ手に取って、それを松明《たいまつ》代わりにした。

正紀も植村も土地勘はないが、幅広の街道なので迷うことはなさそうだった。

「須賀は、楽之助らが米俵を奪うのは、知っているのでしょうね」

「組んでいるならば、当然だろう。しかしそれがうまく行ったかどうかは分からない。おれたちは黙っていて、須賀の動きを見るのが得策だろう」

となれば米の強奪とその阻止については、しばらくは河島にも伝えないことになる。

「あやつ。首尾を、気にしているでしょうね」

「動いたときが、捕えるときだ。しっかり見張っていろよ」

「ははっ」

どれほどの間走ったか。前方の闇の向こうから、微かに鳴り物の音が聞こえてきた。

「近づいてきましたぞ」

植村が、緊張した声で言った。

どのような話し合いになるか、まったく見当がつかない。小浮村や高岡村の百姓とは関わったが、今回とは状況が違う。正紀にしても、緊張は大きかった。

走って行く道の先に、黒いものが何か蹲《うずくま》っている。犬か子牛かと目を凝らしたが、そうではなかった。近づいて、人が二人地べたに座り込んでいるのだと分かった。周囲は田圃で、一軒の農家も見当たらないような場所だった。

「はて、あれは何だ」

「どうした」

正紀は馬を止めた。怪我をした者でもいるのかと考えたのである。

一揆の一行は、そのまま進んでいるようだが、何かの悶着があったとしてもおかしくはない。また狼藉を受けた土地の村人であれば、捨て置けない。

薪の明かりで姿を照らすと、老若の百姓ふうだった。どちらも蓑笠を身につけているから、一揆の者たちだ。

老人の方が、腹を抱え顔を歪《ゆが》めている。

正紀と植村は馬から降りた。二人の傍まで行って、腰をかがめた。老人は日焼け顔だったが、常に野良に出ている百姓とは違う気がした。

「この御仁は、どこの村の者か」

若い百姓に、改めて問いかけた。

「福俵村の宇左衛門さんです。昨日あたりから具合がよくなかったのですが、日暮れどきあたりから痛みが増したようで」

　宇左衛門という名は知らなかったが、福俵村ならば領地の内だ。人品からして、村方三役の一人ではあるだろう。

　若い百姓は、同じ村の宇左衛門の家の下男だと知った。宇左衛門の世話をするために、一揆に加わったのである。

　それでも半刻ほど前まで、集団の中にいた。激痛は治まらず、ついに歩けなくなって、この場に残った。たとえ誰であれ、老人の腹痛のために、一揆の進行を止めるわけにはいかない。

「薬もなく、どうしたものかと困っておりました」

　真夜中の街道で、近くには人家もない。これは若い百姓の本音だろう。

「おおそうか。ならばよい薬があるぞ」

　正紀は、腰につけている家紋のついた印籠を引き抜いた。京が万病に効く丸薬を入れて持たせてくれたものだ。遠出をするときには、お守り代わりに腰にぶら下げていた。

　自分が飲むのではなくても、これで誰かが助かるならば、京も喜ぶだろう。

　若い百姓に、明かりを持たせた。印籠の蓋を取り、丸薬を取り出した。

「水はあるか」

「はい」

若い百姓は、腰の水筒《すいづつ》を取り出した。

「さあ、飲むがよい。腹が楽になるぞ」

正紀は老人の上半身を起こして、薬を口に含ませた。水筒の水も与えた。老人は痛みを堪えながら飲み終えた。

妙薬だが、飲んだからといってすぐに効くわけではない。しかし徐々に痛みはやわらいでゆくはずだった。

「すぐには家へ帰れまい。何粒か与えるゆえ、明日の朝にも飲ませるがよかろう」

懐から懐紙を取り出した正紀は、印籠から丸薬を数粒出して包み込み、老人に与えた。

「あ、ありがたいことで」

印籠に目をやっていた老人は、捧げるようにしてから受け取った。飲んだだけでも、微妙によくなった気配があった。

「大事にいたすがよい」

印籠を腰に差した正紀は立ち上がった。

「ああ、お待ちを」

宇左衛門がかすれた声をかけてきた。振り返ると、続けた。

「お名前を、お聞かせくださいませ」

と問われた。相手は名を告げている。礼をしたいと思ったのかもしれない。

「いや。通りがかりの者だ。忘れるがよい」

一揆の内の一人だが、これで恩を着せるつもりはなかった。

そのまま馬に跨って、道端の二人から離れた。さらに進むと、鳴り物の音が徐々に大きくなった。行く手の道に、ぼうと明かりが灯っているのが見えた。

ようやく追いついたのである。

すると闇の中から、三人の侍が街道に出てきた。さらに騎馬の侍も現れた。

「正紀様」

騎馬の侍は、そう言って馬から下りた。片膝《かたひざ》をついている。それに合わせて、三人も同じ姿勢を取った。明かりで照らして、何者か分かった。馬から下りた侍は河島だった。

一揆の者たちの動きを、探っていたのである。

三人の侍の中には、須賀の姿もあった。堤普請の折に、顔を見た覚えがあった。

「遠路を、ようこそお越しくだされました」

河島は、どこかほっとした様子で口にした。

「おれは世子の正紀ではないぞ」

念を押すように告げた。須賀を含めた三人に、聞かせるつもりで言った。別の者として遇せよと告げたのだ。

「いかにも、ご無礼をいたしました」

河島は承知した模様だ。

「一揆の者たちはどうか」

何よりも気にかかるところだった。

「通り過ぎる村で、悶着を起こすこともなく進んでおりまする。街道の村では、食い物を差し出す者もいました」

「なるほど。後押しをしているわけだな」

高岡藩の騒動が大きくなれば、近隣の領主は自領に飛び火するのを恐れる。締め付けを厳しくする者もいるが、圧力になるのは間違いない。

火の粉が己にかからないならば、百姓たちは応援する。

「無宿者や浪人者が、新たに数人加わっておりまする」

「そうか」

すでに楽之助や畑中の姿はないが、排除はしていないらしかった。聞きながら、須賀に目をやる。須賀は何事もない顔で、闇の奥に目をやっていた。

「では、いかがなさいまするか」

百姓たちの様子を一通り話してから、河島は本題に入ってきた。

「譲れるのは、百五十俵の貸米をなしにするところまでだ。頭取になった者の処分を一切しないでは、話にならぬ。得心のゆくところを、探るしかあるまい」

河島を使者にして、再度多七郎ら一揆の主だった者と面談をする。その際には、正紀が身分を隠して、副使として同道する。飛び地の百姓たちは、正紀の顔を知らないはずだった。

「ならば、すぐにも参ろう」

正紀が言うと、河島も馬に跨った。

他の者は、集団の中には入れない。数を頼んでは、纏《まと》まる話もまとまらなくなる。

二人は馬を走らせ、集団に追いついた。

「高岡藩中老河島である。各村の名主や百姓代と話がしたい」

実質上の一揆の頭取は、沖渡村の名主多七郎だと河島は見当をつけている。しかし車連判状を拵えるくらいで、百姓たちは頭取が誰かは明らかにしていなかった。それを踏まえて、河島は話し合いを求めたのである。

百姓たちは、歩みを止めた。鳴り物も止んだ。

正紀と河島の前に現れたのは、四十代半ばから三十歳くらいまでの男たちだった。河島は、三十をやや過ぎた精悍な眼差しの百姓に目をやって、「あれが多七郎です」と正紀の耳元で囁《ささや》いた。

現れた者たちは、一様に正紀を見詰めた。何者が現れたのか、という顔をしている。しかし正紀は、身分も名も告げなかった。ただ身なりや、河島が下手《したで》に出た態度を取っているので、身分のある者だとは思ったらしかった。

「改めて申すが、一揆の頭取及びそれに準ずる者を、処罰せぬわけにはいかぬ。これは高岡陣屋へ行こうとどこへ行こうと変わらぬ。また年貢率を四公六民に戻すことも受け入れられぬ。触れとして出した五公五民のままだ。だがな、前にも伝えた通り貸米はなしとする。さらに一揆を率いた者の処罰の中身や人数については、考える余地がないわけではない」

河島は、譲歩の余地を伝えたのである。これは正紀が、ここまでくる間に伝えていた。ただどの程度の処罰にするかは、話し合ってみなくては分からない。

多七郎らは、顔を寄せ合って言葉を交わし合った。しかしそれは、長い間ではなかった。返答を確かめた、という印象だった。

「たとえ一人だけであっても、死罪や追放では、受け入れられません」

はっきりとした口調で、多七郎は言った。そして言葉を続けた。

「百五十俵の貸米については、五十俵を出させていただきます。それでいかがでしょうか」

向こうも、譲歩をしてきたのである。

正紀と河島は顔を見合わせた。百姓らも、このままでは埒が明かないと考えたに違いなかった。陣屋へ行けば、武力によって、圧倒されるという恐怖も感じているはずだ。

しかし……。頭取の処罰を、何もしないのでは話にならなかった。これでは藩として、公儀や諸大名家に顔向けができない。また得物を持って徒党を組み、強訴をなしたことは紛れもないご法度《はっと》破りだった。

藩として処罰をしなければ、統治能力がないと見なされる。

「それは受け入れられぬ」

正紀は、そう伝えるしかなかった。

それを聞いた多七郎は、苦々しい顔をした。しかしそれは、腹を立てたわけでないと正紀は感じた。一人一人の一揆の者たちがどう考えているかは分からないが、主だった者たちは、落としどころを模索している。だからこそ、五十俵の貸米の受け入れを告げてきたのだ。

百姓にとっての五十俵は、大きな負担のはずだった。

話し合いは決裂したが、多七郎には動揺があったと正紀は感じた。

二

一揆の納屋番以外の百六十名ほどは、鳴り物を鳴らして、目の前から遠ざかっていった。正紀と河島は、その集団を無念の思いで見送った。

互いに譲れないものがある。しかしそれでも、正紀は武力で抑えようとは思っていなかった。

「領民を守れない藩が、栄えることはございますまい」

と言った、京の言葉が頭に残っている。いや、それだけではない。

「藩士も領民も、ただの一人でさえ、この度のことで命を失わせてはなりますまい」

という言葉もあった。正紀は、その通りだと納得している。

多七郎とは短い間に精いっぱい話したつもりだが、歩み寄ることはできなかった。次の手立てが、浮かばない。

「おれは、どうしたらいいのか」

胸の内で、京に問いかけた。あいつは、今頃はもう寝ているだろう。その寝顔を無性に見てみたくなった。

植村や須賀、代官所の藩士も姿を現した。こちらの様子を見て、話し合いの結果を推察したらしかった。何かを問いかけてくることはなかった。

このまま行けば、明日には高岡の陣屋前に着く。できればその前に決着をつけたかった。百姓たちが自発的に引き下がったとなれば、減刑の理由にしたいという気持ちもあった。

そこへ、人影が現れた。二人連れで、小さな提灯《ちょうちん》を手にしていた。

先ほど道端で蹲っていた百姓の主従である。若い男が、主人の老人に肩を貸していた。

「もう、腹の具合はよくなったのか」

正紀は百姓の主従の傍へ歩み寄った。肩を借りても、歩けるようになったのならば何よりだった。

「あなた様のおかげでございます」

宇左衛門はそう言った。蹲るしかなかった腹の痛みが、いく分かは治まった。それを感謝していた。

「お知り合いでございますか」

そこへ声掛けをしてきたのが、河島だった。河島は、宇左衛門を知っているらしかった。

「これは、河島様。こちら様には、今しがたたいへんお世話になりました」

宇左衛門は頭を下げ、丸薬をもらって痛みが和らいだことを伝えた。ただ正紀の名については、尋ねなかった。

藩の中老が、敬語を使って話をしている。はっきりとは分からないまでも、おおよその見当はついているのかもしれなかった。

「そうか。それは何よりであった」

河島は、宇左衛門に応じた。正紀は、宇左衛門が福俵村の名主であることを知った。

「お腰にある、印籠のお薬のおかげです」

宇左衛門は、正紀の腰を指さした。明かりが、高岡藩井上家の家紋『黒餅の八つ鷹羽』を照らしている。

「皆様方は、ここで何を」

と問いかけてきた。腹痛は癒《い》えていないはずだが、こちらの様子で何かあったと察したらしかった。

正紀は、今しがた多七郎らとしたやり取りの詳細を告げた。さらに藩としては、何であれ頭取の処罰はしないわけにはいかない旨を話した。

周囲には気負い立った百姓の姿はない。何とか治めたい気持ちを伝えたのである。話を聞いた宇左衛門は、少しの間考える仕草をした。腹痛は消えていないはずだが、それとは別に、矛を収めたい気持ちになっているのは明らかだった。

「貸米の件は、すべて白紙に戻してよい」

と正紀は言い足した。

そしてようやく、宇左衛門は正紀に顔を向けた。

「一揆の頭として、一人の者を、死罪ではなく罪一等を減じた重追放で治めることができませぬでしょうか」

「一人だけか」

「はい。命だけは、あなた様に守っていただきます」

宇左衛門の眼差しは、どこか必死の気配があった。これが譲れる、ぎりぎりのところなのかもしれなかった。

ただこれを受け入れるとなると、大幅な譲歩となる。五村の中でも、指折りの人物でなければ、藩内でも異議を唱える者がいよう。

「それは誰か。多七郎らは、得心をするのか」

ここが問題だ。折り合わなければ、話は壊れる。

正紀は固唾を吞んで、宇左衛門の返事を待った。

「ある御仁が、よしと頷けば、他の者は応じます。それは、代官所に捕えられている横田村の名主総右衛門さんです」

「なるほど」

総右衛門の人望については、すでに聞いている。だからこそ最初に、五村を代表して代官所へ嘆願書を出しに行ったのである。総右衛門を頭取とするならば、受け入れてもよさそうだった。

脇で聞いている河島も頷いた。

「しかし総右衛門は、この話を受け入れるのか」

処罰を下すのは藩の方だから、本来百姓側の承諾を得る必要などない。しかしここは、意に染まぬ形で、納得しないまま話を進めるつもりはなかった。強行をすれば、必ず禍根を残す。

五村の者を味方にしなくては、この後満足な政はできない。これはその試金石だと、正紀は思っている。

「まずは、話をしてみたいと存じます」

宇左衛門は、顔を顰《しか》めながら言った。腹の痛みは、丸薬でやや治まったというだけに過ぎない。しかし村名主の一人として、決着をつけたい気持ちは伝わってきた。

「ならば、代官所へ参らねばなるまい」

そうでなければ話にならない。

「馬に乗れるか」

と問うと、宇左衛門は頷いた。馬に乗れるような体調ではないのかもしれないが、ぼやぼやはしていられない。正紀の馬に乗せた。

須賀ら配下の者は、駆けてついてくる。代官所へ急いだ。

代官所では、正紀の姿をできるだけ藩士たちに見せないようにした。河島と須賀が、宇左衛門を伴って先に入り、正紀と植村は裏門から中に入った。

夜間でも、代官所は不眠不休の態勢を取っていた。緊急時であることは、一同が分かっている。

大河原は交えず、代官所の一室で、正紀と河島、総右衛門、宇左衛門の四人が向かい合った。

正紀は名乗らないが、宇左衛門が総右衛門に、印籠の丸薬で腹痛から助けられたことを伝えた。まだ痛みは消えていないはずだが、宇左衛門はそれをうかがわせなかった。

気丈な人物だと、正紀は感心した。解決させたい気持ちも、伝わってきた。

「その印籠を、お貸しいただけますか」

と告げられたので、正紀は腰から引き抜いた。受け取った宇左衛門は、家紋の『黒餅に八つ鷹羽』が総右衛門に見えるようにして置いた。

「ほう」

総右衛門はその家紋を見て、小さく頷いた。そして正紀に向かって丁寧に頭を下げ、口を開いた。

「当初は、罪人として牢に押し込められましたが、江戸表からのお達しがあって、私はここへ移されました。外へ出ることはできませんでしたが、扱いが変わったのは確かでございます」

と言った。

「少し前、多七郎ら村の主だった者と話をいたした。しかし互いに、受け入れられるものではなかった」

正紀は、話し合った内容を詳細に伝えた。総右衛門は、黙って聞いている。その話が済んだところで、宇左衛門が口を開いた。

「頭取としての処罰を、お受けいただけないでしょうか」

手立てはこれしかない旨を、宇左衛門は伝えた。これならば、藩としても受け入れると正紀は言い添えた。

話を聞いた総右衛門は、驚く様子を見せなかった。大きく頷いてから、おもむろに口を開いた。

「私が頭取として、罰を受けましょう。もともと私が、代官所に捕えられたことが端緒《たんしょ》になっております」

すでに腹が決まっているという言い方だった。代官所内にいる間、総右衛門にしても事態の収拾について、頭を悩ましていたに違いなかった。

「その方を、領内から重追放といたすぞ」

「はい。それでことが治まるのならば、本望でございます」

「横田村の名主の後継はどうなるのか。村を出て、何処へ行くのか」

行先については、力になってもよいという気持ちで口にした。

「倅総太郎は、二十八歳になります。名主の役目を果たせると存じます」

「そうか、ならば村は安泰だな」

「私は、取手《とりで》へ参ります。取手河岸にある商家で、次男が番頭をしております。そこへ参りましょう」

「なるほど。そのことを知っていて、申したわけか」

宇左衛門は、総右衛門が持つ背景を踏まえた上で提案をしたのだ。正紀は一杯食わされた気持ちになったが、不愉快ではなかった。

「いやいや」

薄く微笑んだ宇左衛門はすぐに顔を顰めた。腹痛が、ぶり返したようだ。額に脂汗を浮かべている。

「ご苦労であった。一揆が治まったところで、養生をいたすがよい」

正紀はねぎらった。

これで話は決まったが、正紀や河島など藩の者が告げたのでは百姓たちは収まらない。総右衛門が直に出向いて話をしなければならないと思われた。

すでに夜九つ（午前零時）を過ぎた刻限だった。

三

早朝の空で、小鳥が囀《さえず》りの声を上げている。どこか膚寒い風が、落ち葉を舞わせて仏間の前の廊下に落とした。

高岡藩江戸上屋敷の仏間で、京は母の和と朝の読経を行った。正紀の無事と、一揆の衆が何事もなく村へ帰ることができるようにと、先祖に祈願したのである。

上屋敷では、佐名木が正紀の代役を務めている。いきなりの話だから、正紀の病状を案ずる藩士もいるらしい。

ただ治まる気配のない一揆の対応について、正紀の病を不安として案じる者もいると佐名木は言った。

読経の後、京は少しの間、和と話をした。和には、すでに領地の飛び地で一揆が起こっていることは伝えている。しかし実感はないらしかった。

和は昨日、画の集まりで、縁戚の大名家の奥へ行って狩野派の屛風《びょうぶ》や軸物を見てきた。

「目の保養になりましたぞ」

と満足そうな顔をした。

「それは、ようございましたね」

藩の財政逼迫のために、すでに二度軸物を手放している。その繰り言でも聞かされるのかと京は警戒したが、和が続けて話題にしたのはそれではなかった。

「正紀殿の話が出てな、達者かと聞かれました」

「まあ。それでなんと」

和は、正紀が江戸を離れていることを知っている。読経に顔を出さないことを問われるから、内密の遠出だと伝えていたのだ。

「あちらこちら忙《せわ》しなく巡っていると答えそうになって、慌てました。風邪を拗《こじ》らせて寝ていると伝えましたよ」

京はほっとした。軽い気持ちで漏らした一言が、藩の大事にならないとは限らない。

「お言葉には、お気を付けくださいまし」

京は念押しをした。

正紀は病ということで対応をしている。奥女中にしても、京付きの紅葉《もみじ》という者にしか知らせていなかった。

早朝、代官所内で仮眠を取った正紀らは、総右衛門と宇左衛門を伴って、靄《もや》の立ち込める街道へ出た。供を命じたのは、河島と青山、それに植村と須賀だった。須賀には、一揆の決着がつくまで勝手な動きをさせない。

宇左衛門には、京が寄こした丸薬を飲ませている。代官所に残ることを勧めたが、村の者を追うと言った。

一揆の者たちも、仮眠は取っている。闇雲に進んでいるわけではない。高岡陣屋には、まだ着いていないはずだった。

総右衛門を植村の馬に、宇左衛門を須賀の馬に乗せて、五頭の馬は一揆の集団を追いかけた。

「ずいぶん進んでいるぞ」

昨夜会談をしたとおぼしい場所は、とうに過ぎた。追いついたのは、高岡藩領の手前成井《なりい》村に入ったところだった。最後尾の筵旗が、歩くたびに揺れている。

「一同待て」

河島が声を張り上げた。

足を止めた百姓たちが振り向いた。馬上の河島に向けた目には、憎悪がこもっていた。横にいる正紀に対しても同様だ。

「何だ、まだ用事があるのか」

「勝手なことを、押し付けに来たのか」

「役立たずとの話は、もう終わったぞ」

そこまで口にする者もいた。竹槍を手にしている者たちは、切っ先を向けてきた。

譲歩した案を受け入れられず、話し合いは決裂した。それについて百姓たちは失望し、腹を立てているのだと察した。

そこで総右衛門が乗る馬が前に出た。

「おお、これは名主様」

仰天の声が上がった。百姓たちの表情が、明らかに変わった。

「よくぞご無事で」

と言った者もいた。代官所へ名主らが来たときには、それとなく姿は見せたと聞いている。しかしほとんどの者は、捕えられたときから顔や姿を目にしていない。

横田村の者だけでなく、百姓たちが取り囲んだ。

たとえ牢から出されても、酷い扱いを受けているのではないかと気にかけていた。

その名主が、縄もかけられず、拷問《ごうもん》を受けた気配もないまま目の前に現れたのである。

竹槍の先を向ける者はいなくなった。馬上の者たちは馬から下りた。

呼ぶまでもなく、多七郎を始めとする各村の三役が顔を揃えた。

「よくぞここまで」

百姓代の与助が、安堵と喜びの交ざった顔で言った。

「私は代官所内で、罪人として扱われてはいませんでしたよ」

総右衛門はまず、そう口にした。村の名主として扱われていたと、告げたのである。

「いかにも、それは私も目にして確かめています」

脇に立った宇左衛門が言い足した。二人の名主を前にして、百姓たちの体から、怒りの気配が薄れたのを感じた。

「ああ、これが名主と村の者の繋がりか」

正紀はその様を目にして、領主と領民もこうでなくてはいけないと感じた。

ここで総右衛門が、声を上げた。

「領主様より貸米百五十俵の件については、白紙に戻すとのお達しを頂戴した。これで我らの願いの、大きなところはかなえられた」

「それはそうですが、頭取はどうなるんで」

と告げた者がいた。

「そうだ」

多くの者が声を上げた。頭取の処遇が、一揆衆の最も気になるところだ。

「頭取は私だ。名主の中で高齢だというだけではない。ご領主様に異議を申し立てようと最初に話したのは、私の家でだった」

一同は今の言葉に、息を呑んだ。ここで河島が声を上げた。

「頭取については、徒党を組み強訴をなした。無実というわけにはいかぬ。ゆえに高岡藩領からの重追放といたす。それで速やかに自分たちの村へ引き返すならば、他の者については罪科を問わぬ」

少しの間、しんとなった。河島の言葉の意味を考えたのである。

「死罪になる者は、出ないわけですね」

と問いかけたのは、多七郎だった。

「総右衛門の、重追放のみである」

河島は繰り返した。

「名主様は、どうなさるんで」

与助が総右衛門に問いかけた。

「私は、取手にいる総次郎のもとへ参りましょう」

穏やかな口調で言った。

それを聞いた与助と多七郎が顔を見合わせ、頷きを交わした。

「よし。筵旗を下ろすとしよう。皆の衆、それでよいか」

多七郎が同意を求めると、百姓たちは「おおっ」と声を揃えた。

「これで村へ、帰れるぞ」

一時は竹槍の先をこちらに向けた百姓たちの顔も、ほっとしたものになっていた。争うことなど、実は誰もしたくなかった。その本心が、伝わってきた。

一揆の中止を告げる法螺貝の音が、空に響いた。

「くそっ」

一揆に加わっていた不逞《ふてい》浪人や無宿者たちが、舌打ちをして走り去っていった。

「では、総右衛門を陣屋へ連れてまいる」

河島と須賀が、総右衛門を伴って、高岡陣屋へ連行した。百姓たちは、姿が見えなくなるまで後ろ姿を見送った。

「引き上げるぞ」

多七郎の声で、五村の者たちも引き上げを開始した。すると宇左衛門が、正紀の傍へ寄ってきた。

「印籠のご家紋、私も総右衛門さんも拝見しました。お忍びでのご尽力に、御礼を申し上げます」

深々と頭を下げた。窶《やつ》れた顔だが、明らかな安堵の色がある。目に涙さえ湛《たた》えていた。多七郎も駆け寄ってきて、頭を下げた。気勢を上げてはいても、名主たちは、引きどころを探っていたのだろう。

「腹を、大事にいたせ」

宇左衛門の体を気遣うことで、正紀は返答とした。東金御成街道を東へ走ってから、丸一日しかたっていない。しかしもう何日もこの地にいる気がした。

四

正紀と植村、それに青山は、高岡陣屋の表門が彼方に見えるところまで行った。丘陵になっているてっぺんで、そこからは表門だけでなく裏門から出て来た者も、利根川の下流方向に向かう者ならば目にすることができる場所だった。

一揆は総右衛門を頭取として処罰することで収束するが、楽之助絡みの一件は落着していない。軍兵衛の娘お梅は攫われたままだし、奪われた十数俵の米も取り返さなくてはならなかった。

一俵たりとも、無駄にはできない。

闇の九十九里の海に消えた百石船を追うことはできなかった。そうなると楽之助に繋がるのは、郷方廻りの須賀弥兵衛だけとなる。

「あやつ、必ず動くぞ」

と正紀は見当をつけていた。

須賀は、楽之助が米俵の強奪にしくじったことを知らない。首尾よく行ったかどうか、知りたくてうずうずしているはずだった。ならば間を置かず、機会を得て必ず外へ出てくる。

植村や青山と共に、待つことにしたのだ。陣屋内に入るつもりはなかったから、見晴らしの良い場所を選んだ。

陣屋内は、一揆が治まったことや総右衛門の身柄を確保したことで、人の動きがある。一刻ほどで、早馬が飛び出した。江戸へ知らせる書状が託されているはずだった。

「すぐには、出てこないでしょうね」

須賀は、一揆の解決の場に居合わせた。児島への報告は河島がするだろうが、文書の作成など自ら手掛けなくてはならない用もある。

「須賀は、馬庭念流《まにわねん》の手練《てだ》れだと聞いたことがあります。また能筆《のうひつ》だという噂もあります。どうやら、手先が器用なのかもしれません」

高岡藩士になって間のない植村は、家臣については、それなりに調べをしたらしい。

正午になると、腹が減った。青山は知り合いの百姓の家へ行って、稗と麦の交った握り飯をもらってきた。

曇天の空で、風はいく分じめじめしている。しかし雨が降る気配ではなかった。

さらに一刻半ほどした頃、裏門から騎馬の侍が現れた。そのまま東金へ向かう道を走ってゆく。

「あれは、須賀ですね。いよいよ、動きました」

見ていた植村が言った。

「うむ」

正紀ら三人も、馬に跨る。間を空けて、後を追った。

二丁（約二百二十メートル）や三丁（約三百三十メートル）ほどなら、間を空けても見失うことはない。騎馬の侍などめったにいないはずだから、仮に見失っても捜し出す自信はあった。

土地勘がないから、どこを走っているかはっきりとは分からない。ただ東金方面に向かっているとは、見当がついた。漂い始めた潮のにおいが、徐々に濃くなっていく。潮騒が耳に響いてきた。

彼方に、鈍色《にびいろ》の海が雑木林の間から見えるようになった。

集落が現れた。宿場とおぼしい、鄙《ひな》びた町が現れた。その先で、須賀の馬は浜に向かう道に曲がった。

正紀と植村は、馬に水を飲ませるために、水飲み場へ行った。そこで青山に問いかけた。

「ここは、何という宿《しゅく》か」

「横芝《よこしば》宿で」

地図の上では、頭にある地名だった。東金の手前の宿場だ。一気に走ってきたが、高岡からここまで、それなりの距離はあった。すでに、日は西空に傾き始めている。

近くにいた農婦に問いかけた。

「浜には、百石船の停まれる船着き場があるか」

「あります。朝早くから一隻停まっています」

楽之助らの船だと思われた。

「よく待っていましたね。米を持って逃げてしまうかと思いました」

植村が言った。それは正紀も考えたことがある。

「楽之助と須賀は、親しい縁戚の間柄にある。しかも楽之助は、この後も須賀を通して高岡の米を仕入れたいと思っているに違いない。ならば十数俵の米のために、須賀との縁は切らないだろう」

そういう判断をしていた。藤太の荷船が停泊していれば、これは当たったことになる。

再び馬に跨って、須賀が曲がった横道に入った。潮のにおいが、さらに濃くなった。

「ありますよ。百石船が」

植村が声を上げた。荒波を受けて、船体が揺れている。昨夜、焚火の明かりで見た船だと思われた。

「やっぱり、須賀は楽之助の悪巧みに関わっていましたね」

興奮を隠さず、植村が言った。青山も頷いている。

砂浜に出る前にある雑木林の中で、馬から下りた。船着き場の近くにも、馬が繋がれている。須賀が乗っていた馬だ。船上に人の姿は見えなかったが、船倉には、楽之助や須賀らがいるのだと判断した。

須賀が剣の手練れだというならば、対峙するのは正紀だ。家臣とはいえ、追い詰められたら何をするか分からない。それぞれの役割を分担した。

正紀ら三人は、駆け寄ってゆく。

船着き場の手前まで走ったところで、船倉から人影が現れた。須賀だった。

「こ、これは若殿様」

驚愕した眼差しを、正紀に向けた。

「その方、なぜここへ来た」

「そ、それは」

返答ができない。顔は青ざめていた。

「この船には、沖渡村の納屋から奪った十数俵の米と楽之助、それに藤太という船頭がいるはずだ」

正紀が決めつけると、須賀は顔を引き攣らせた。

かまわず船に乗り込もうとすると、須賀はその前に立ち塞がった。居直ったとも取れる、気迫のこもった顔だった。

「なりませぬ。ここは、若殿様がお入りになる場所ではありませぬ」

やり取りの声を聞いたらしく、楽之助や藤太、水手らが姿を現した。昨夜逃げた、無宿者の姿もあった。

「こ、これは」

楽之助は正紀の顔を覚えていたらしかった。捜し出されたことに、慌てている。

「やっちまえ」

と叫んでいた。楽之助は、手に持っている長脇差を抜いている。水手や無宿者たちは、櫂や棍棒《こんぼう》、匕首などを摑んでいた。

すでに畑中はいないが、数ではるかに勝っている。人質も押さえていた。楽之助らは、正紀が何者か、よく分かっていないようだ。

「このやろ」

水手の一人が、櫂を振りかざして躍りかかってきた。正紀はそれをかわして、横に飛んだ。

ここまできてしまうと、須賀は覚悟を決めたらしかった。腰の刀を抜いている。正紀の前に、立ち塞がった。

このとき楽之助は、船倉に駆け込もうとしていた。お梅を連れ出して、脅しに使う算段だろう。

しかしこの動きは、織り込み済みだった。

楽之助が船室から出て来たときには、植村が近くにある杭を一本抜き取り始めていた。怪力の持ち主だから、手間取ってはいなかった。

「やっ」

駆け寄りながら、渾身の力をこめて楽之助めがけて杭を投げつけた。杭は、空を切って飛んだ。

「わあっ」

気配を察したらしい楽之助は振り返ったが、その胸に杭が当たった。勢いがついていたから、体がぐらついている。

このとき、船上に走り込んでいた青山が、その腰を蹴飛ばした。すでに刀も抜いていた。楽之助の体が、床に転がった。

青山はその姿に目をやらない。船倉に飛び込んだ。そして待つ間もなく、縄をかけられたお梅の体を担ぎ上げて、外へ出てきた。

「娘を、取り返しました」

と叫んでいる。近くにいた水手は、青山の気迫に押されて、すぐには手出しができなかった。我に返って鳶口を振り下ろそうとしたが、そのときはもう遅かった。

体勢を整えた青山が、その肘に向けて切っ先を突き出していた。

「わあっ」

鮮血が散って、鳶口は中空に飛んでいた。

青山と植村は、敵を倒すことなど考えていなかった。まずはお梅を奪い返すことを、第一にしていた。

「やっ」

青山に目をやっていた正紀に、須賀が一撃を振り下ろしてきた。いつの間にか、一刀足の間合いの中に入っていた。

正紀はその刀身を撥ね返している。高い金属音と共に、火花が散ったのが分かった。

二つの体はそのまま交差したが、それで動きが止まったわけではなかった。一瞬の後には振り向いていた須賀の刀身が、肩を目がけて落ちてきた。

正紀はそれを撥ね上げながら、斜め前に踏み込んだ。二の腕を裁つ目論見だ。しかし向こうの剣が、いきなり角度を変えた。

こちらの動きを察して、肩から小手に標的を変えている。

正紀は切っ先で相手の鎬を払った。この動きが寸刻遅かったら、ぐさりとやられていただろう。

目の前に、相手の二の腕がある。正紀は手にある刀身を小さく回転させて、これを突いた。

相手は横に飛んだが、微かな手応えがあった。そして再び体が交差した。

次の攻めに備えて、正紀はすぐに体の向きを変えている。だが相手の体は、思いがけず遠くまで踏み込んでいた。一刀足の間から外れている。

須賀は、わずかに周囲に目をやった。顔が歪んでいる。周囲には、すでに味方はいない。藤太や水手、無宿者たちは、身動きのできない状態になっていた。須賀は、孤立無援といってよかった。

「御免」

須賀は立った姿勢のまま、手にある刀で己の胸を突き刺した。力をこめているのが分かった。

膝がぐらつき、苦悶の表情のまま一歩前に出た。そして刀を差したまま、前のめりに倒れた。

「須賀」

正紀は駆け寄った。しかし、すでに須賀の体はぴくりとも動かなかった。

「逃げられないと、悟ったのでしょうね」

駆け寄ってきた植村が言った。

刀を抜いてやると、あふれ出た血を砂浜が吸った。

「荷車と戸板を借りてこい」

植村に命じた。

さらに正紀は、身動きできない者を除いて、楽之助や藤太らに、船から米俵を運び降ろさせた。借りてきた荷車に、十四俵を積んだのである。戸板には、須賀の遺体を乗せた。

「沖渡村へ向かうぞ」

船は使わず、陸路で向かう。荷車を引いたり、遺体を運んだりするのは、捕えた者たちである。

お梅の縄は、すでに解かれていた。事態をまだ呑み込めないのか、恐怖に引き攣ったままの表情だった。

「怪我はないか」

正紀の問いかけを受けて、強張った顔のまま頷いた。

一行は、街道に出た。須賀の遺体は、青山が楽之助と藤太を使って横田村の代官所へ運ぶ。罪状を明らかにしなくてはならない。

米俵とお梅は、沖渡村へ到着した。

「お梅」

村に入るとすぐに、軍兵衛が駆け寄ってきた。戻るのを、一日千秋の思いで待っていたに違いなかった。

「おとう」

初めて、お梅は声を出した。目にみるみる涙が湧き上がった。駆け寄ってくる軍兵衛の胸に自分から飛び込んだ。そして「わあっ」と泣き声を上げた。

その場には、庄吉ともう一人の百姓もいた。

「奪われた米俵の数は、これでよいか」

庄吉らは、数を検めた。

「間違いありません」

「ならばよい」

これでこの地にいる用事はなくなった。

「青山らと、後始末をいたせ」

「ははっ」

植村が、嬉しそうな顔で応じた。それで正紀は馬に跨った。馬腹を蹴って、江戸へ向かったのである。

五

ときは、河島と須賀が総右衛門を伴って陣屋内に入ったときに遡る。

河島らは、家老の児島から門番の足軽に至るまで、驚きと安堵をもって迎え入れられた。門前に一揆の衆が現れることは、避けられない情勢だと考えられていた。

「でかした。貸米百五十俵をなしとしたのは惜しいが、仕方があるまい。陣屋を目前にして、藩家の威光に畏れ入ったのであろう」

児島は、上機嫌な口調で言った。

須賀までが「よくやった」と多くの藩士にねぎらいの言葉をかけられた。一揆の解散は、藩にとっても藩士にとっても、一日も早く実現させたいものだった。

「お話をしておきたいことがござる」

河島は重臣の執務部屋で、児島やそのほか組頭以上の者がいる中で、解決に至る詳細を伝えた。

「何と、正紀様がおいでになられたのか」

一同は、感嘆した。処罰についても、それまでは一部に甘いと口にする者もいたが、もうその声は出なくなった。

「藩の面目を潰さず、事を治められたのは何よりではござらぬか」

「いかにも」

組頭の一人が言うと、他の者が応じた。ただ正紀が江戸を出たことについては、極秘である。どこから漏れるか知れたものではないので、藩士であっても、ここにいる者は一切口外しないということで、確認がなされた。

直ちに文書が作成され、江戸表への早馬を出した。

須賀は代官所へ行き、百姓らの解散の確認をするという名目で陣屋を出ていった。したがって、不在を疑う者はいなかった。


米俵が奪われかけたこと、しかしそれは途中で阻止され、首謀した者が捕えられたことが代官所から戻った青山から伝えられると、新たな驚きが陣屋内を駆け巡った。

「何だと、須賀がその一味に加わっていたというのか」

児島は目を剝いて、腰を抜かさんばかりに仰天した。しかも目前に迫った正紀に歯向かい、逃げ場を失って自刃したという話については、二の句が継げなかった。

「ということは、米俵の奪還にも正紀様が、ご尽力をなされたわけか」

「さようでございます。もちろん表沙汰にならぬように、藩重臣の部屋住みの者の助勢だということで、百姓には伝えましてござる」

これも正紀の指図だと言い添えた。

「いたれりつくせりだな」

やや困惑の様子で児島は応じた。口には出さないが、児島には迅速《じんそく》な処置を怠ったという落ち度がある。一揆の収まりがついて、次は自分の責任が問われると思ったに違いない。

それについては、河島も青山も児島に対して冷ややかだ。

一揆にかこつけた年貢米の横取りの一件は、陣屋内の藩士にも怒りと動揺を与えた。

「藩士も領民も苦しんでいる折に、そのような企みをなそうとしたのか」

耳にした者の憤《いきどお》りは並大抵のものではなかった。

すでに須賀は自ら命を絶っているので、楽之助や畑中、藤太、軍兵衛や庄吉から問い質しを行うことにした。これには河島が指揮を執り、青山と植村が当たった。最も事情の分かる者たちである。

「へい。ひもじさに負けて、家の者に食わせてやりたくて、麦一升を盗りました。楽太郎には、そこをつけこまれました」

軍兵衛も庄吉も、仲間に加わったいきさつを、問われるままに話した。己のなしたことに怖れをなしているから、隠し立てはしなかった。

もちろん二人は、楽太郎の本名が楽之助だとは知らない。もう一人の百姓を含めて、彼らは弱さひもじさに付け込まれたのである。

さらに三人は人質を取られて、言うことを聞かざるを得なかった。

「楽太郎は、船におれたちのかかあや子どもは乗せないと言った。もうどっちにしたって、おれたちは救われねえと思った。だから船着き場では、あいつらに逆らったんだ」

悪事の手助けをしたことは間違いないが、同情できないことではなかった。

「麦一升のことは、我らだけの胸に留めよう」

「そうですね」

青山の言葉に、植村は頷いた。

「負い目があるならば、他の何かで、村に尽くせばよかろう」

「ははっ」

平伏した軍兵衛らは、床板に額を擦りつけた。

しかし何であれ、悪事に加担したことには変わりがない。三名には一月《ひとつき》の間、苦役として高岡河岸の護岸の修理に当たらせることにした。

これは江戸からの、正紀の指図に従っている。

藤太は、楽之助に金で雇われた。楽之助は、これまでも横流し米や盗品の米を、藤太の船で江戸へ運び売っていた。

「相馬屋さんには、取り立てての手蔓で得た米を売るという話はしました。何しろ続く品不足ですから、喜ばれました。高値で買ってくれるとも言いました。しかしそれだけの関わりでした」

楽之助は、最後まで相馬屋の関わりは否定した。その証言を覆す証拠もなかった。

畑中や手下になって強奪に加わった無宿者たちは、奪った後の米をどうするかまでは、知らされていなかった。藤太同様、銭のために仲間になったのである。

須賀と楽之助が親しい間柄だったのは、すでに正紀が調べた通りだった。義理があったから、十四俵の米でも持ち逃げをしなかった。

郷方廻りを務めていた須賀は、武射郡と山辺郡の五村の窮状については、その状況を摑んでいた。他の村と比べて収穫がましな方だったのは確かだが、百五十俵の貸米に耐えられるとは見ていなかった。

追い詰められた百姓は、一揆に立ち上がると見当をつけた。そこで村の様子を、現れた楽之助に話した。

そのときには、まだ米を奪うことは考えていなかった。しかし米を奪えそうだという話になって、姦計《かんけい》を巡らせた。

「麦の一俵や二俵なんて、後の儲けを思えば、どうということもない。あれで村の者の中に入れましたからね」

どうせ生き延びることはできないと諦めているからか、問いかけには手間取らせることもなく答えた。百姓の弱みに付け込むのは卑怯だが、嘘ではないと、青山も植村も判断をした。

「須賀は、初めから乗り気だったのか」

「いえ、渋りました。でもあの方も、暮らしには困っていました」

けれども暮らしに困っているのは、他の藩士も同様だ。仲間に加わった言い訳にはならない。

楽之助と藤太らは、死罪。須賀はすでにこの世にないが、須賀家は断絶となった。

高岡河岸の船着き場に、総太郎や多七郎、宇左衛門などの村人が集まった。旅姿になった総右衛門が、いましも取手に向かう船に乗り込もうとしているところだった。

重追放の刑を受けて、六十一歳の老人が出立しようとしている。藩からも、検視の藩士が姿を見せていた。

「お気をつけて」

多七郎が告げると、他の者も声を揃えて別れを惜しんだ。

とはいっても、悲惨な空気はなかった。総右衛門は、次男のもとへ行く。暮らし向きは変わるだろうが、路頭に迷う怖れはなかった。

「黒餅に八つ鷹羽の印籠がなければ、もうしばらく長引いたかもしれません。となると、とんでもない何かが起こっていたかもしれません」

「まったくです。いきなり現れて、何者かと思いました」

宇左衛門の言葉に、総右衛門が応じた。

「百五十俵の貸米がなくなっただけでも良かった。暮らしは厳しいが、領主様は厳しいだけではないようで」

「そうでしたねえ。でもまだこれからです。若い人たちで、村を立て直していかなくてはなりませんよ」

総右衛門はそう言い残すと、船に乗り込んだ。

勝手な判断で、総右衛門の捕縛を知らせなかった児島については、江戸に呼んで正紀が激しく叱責《しっせき》をした。それを怠らなければ、一揆への対応はもっと早めに始められたはずだった。

三月《みつき》の蟄居《ちっきょ》とした。

六

「須賀は仕方がないとして、他の藩士や領民に大きな怪我人や死人が出なかったことは何よりでございました」

正紀の話を聞いた京は、そう言った。ねぎらってくれてはいるが、上からの口ぶりは相変わらずだった。

正紀が屋敷についたのは、明け方に近い頃である。昼夜を問わず、馬を走らせたのだ。

門を開けさせ、まずは佐名木に詳細を知らせた。一揆が治まったという一報は届いていたが、須賀と楽之助の年貢米の強奪については、まだ何も伝えられていなかった。

正紀の言葉が、最初の知らせとなった。

佐名木にも京にも、楽之助にまつわる話は江戸にいるときに話していた。しかし断定はできないところで、そのままになっていた。ここで詳細が明らかになったのである。

京はいつ何時であろうと、正紀が屋敷に戻ったら会うことができるように、支度を調えていた。

佐名木への報告を済ませると、正紀はすぐに京のいる奥へ行った。

京は薄く化粧をして待っていた。

「そなたが持たせてくれた印籠の丸薬は、役に立ったぞ」

礼の意味もこめて、正紀は口にした。上からの口ぶりなのに、京の言葉を聞いているとほっとする。それが少し癪《しゃく》に障った。

「それは何よりです」

「名主の総右衛門や宇左衛門は、印籠の家紋でおれが何者か察したらしい。だが口に出さず、事を進めたぞ」

「わざわざ江戸から出向いた。その労を察したのではないでしょうか」

「そうかもしれぬな」

正紀は年の功ということを考えた。飛び地の名主だが、総右衛門らは村のことや藩の事情も踏まえて動いていた。一揆が治まったのは、誰か一人の功績ではないと感じた。

「領地は、一つ一つの村が集まってできているのだな」

「まことに、そうですね」

総右衛門や宇左衛門の存在が、正紀に気づかせてくれた。

「五公五民は、今年限りにしたいぞ」

軍兵衛や庄吉の女房子どもを思う姿を頭に浮かべて言った。

「それに越したことはありません。ですが母上に告げられました」

「ほう、何と」

「質素倹約は、できるだけしたくないそうです」

「なるほど」

正直な姑の気持ちではあると思った。それも分からないわけではなかった。

「しかし、気を緩めるわけにはいかぬぞ」

自分にも、京にも言い聞かせるつもりで正紀は口にした。

上屋敷に着いて、佐名木に事情を伝えた折、桜井屋長兵衛からの文が来ていると手渡された。その場で開くと、府中藩行方郡内であった一揆について、その後の様子を伝えてきていた。

一揆は藩の圧倒的な武力によって解決を見た。しかし百姓たちは納得をしておらず、火種は郡内の各地に残っているというものだった。商いをする中で、知りえたことを伝えてきたのである。

侍の目から見る村の様子とは異なる。長兵衛から伝えられる情報は、無視できない。その火種の一つが、いつ火を噴いてもおかしくないと末尾にあった。頼前と叔母品の苦渋の顔が、頭に浮かんでいる。

「力で押さえれば、力で押し返してくる。これは道理というものですな」

佐名木が言った。どこで折り合いをつけるか、その難しさを学んだ気がした。

正紀は今尾藩邸の兄睦群のもとへ、一揆終息の報告に出向いた。案じてくれていたから、何をおいても知らせなくてはならない相手だった。

このとき廊下を歩いていて、思いがけない人物と出会った。

「これは松平様」

正紀は、廊下の端に寄って挨拶をした。松平信明である。尾張徳川家付家老の兄を訪ねて、打ち合わせをした。その帰りだと察した。

「一揆の片がついたそうですな」

「はい。お陰様にて」

その内容については、すでに藩から幕閣に伝えていた。頭取である総右衛門の重追放という処罰についてまでだ。

「鎮圧ができたことについては、お歴々も満足のご様子でありました」

にこりともしないで、信明は続けた。心の持ちようを面《おもて》に表さないのは、いつものことだ。口ぶりに冷ややかさを感じるのも、いつもと変わらない。

「ただな、ご老中の水野様は、頭取への処罰が甘いと仰せられた。あれは死罪が妥当であろうと」

「……………」

徒党を組んだ頭を、死罪にするのは当然の処置といっていい。正紀も佐名木も、分かってはいたが、あえてそれをしなかった。

「それがしも、水野様と同じ考えでござる」

揺るぎのない眼差しを向けたまま、信明は言った。高岡藩が下した処罰を、不満だと告げてきたのである。

「藩の政は、主家の揺るぎない力のもとで行われねばならぬものでござる。首座にいる武士は、農や工、商の上に威厳を持って立たねばならぬ。一度告げた触れを戻すは、その威厳を崩したことにほかならぬ」

信明は、頭取の処罰についてだけ不満を口にしたのではなかった。貸米の件についても触れていた。信明は続けた。

「武士は、農にも商にも、隙を見せてはならぬものでござる。いちいち揺らいでいては、武士による政道は、全うできるものではござらぬ」

その言葉に、正紀は反論できなかった。武家を中心にした世の中では、信明の言葉は、正当なものとして受け入れざるを得ない。

中途半端な処置だ、とも言いたいらしかった。

正紀は、それは違うと思っていた。信明の言葉に従うならば、府中藩のように一揆を力で制圧し、頭取を死罪にすることになる。

それが藩や領民のためになるのか。

正紀には、疑問だ。

ただ信明は、その処置への不満について幕閣に何かの働きをしたわけではなかった。奏者番という役職は、各藩の仕置に意見を言える立場ではない。高岡藩の一揆が再発するならばともかく、そうでなければここだけの話だ。

水野も不満を口にはしたが、それだけのことといっていい。動きがあれば、情報通の睦群から知らせがある。

松平信明が能吏であることは、誰もが否定をしない。常に正しいこと、物事の本質を口にする。しかしその武家の世の中の本質だと思われる部分が、正紀とは受け入れ方が根っこから違っている。

表向き争うことはないが、信明と正紀は立ち位置に距離があった。政の仕方について、共感することは少ない。好意を持ち合っているわけでもなかった。

しかしそれでも、長く関わっていかなくてはならない相手だった。信明は、老中にもなろうという人物である。

高岡藩一万石は極めつけの小大名だ。だからこそご公儀の意向を無視できないし、民百姓とも寄り添っていかなくては藩政が立ち行かない。その舵取りの難しさを、正紀は改めて感じた。

「それでは」

黙礼をすると、何事もなかったように信明は立ち去って行った。

本作品は書き下ろしです。

双葉文庫

ち-01-34

おれは一万石《いちまんごく》
一揆《いっき》の声《こえ》

2018年8月11日　第1刷発行

【著者】
千野隆司《ちのたかし》

【発行者】
稲垣潔

【発行所】
株式会社双葉社
〒162-8540 東京都新宿区東五軒町3番28号
[電話] 03-5261-4818(営業)　03-5261-4840(編集)
www.futabasha.co.jp
(双葉社の書籍・コミックが買えます)

【印刷所】
大日本印刷株式会社

【製本所】
大日本印刷株式会社

【CTP】
株式会社ビーワークス

【表紙・扉絵】南伸坊
【フォーマット・デザイン】日下潤一
【フォーマットデジタル印字】恒和プロセス

ISBN978-4-575-66901-5 C0193
Printed in Japan